# オバペディア

田丸雅智

潮出版社

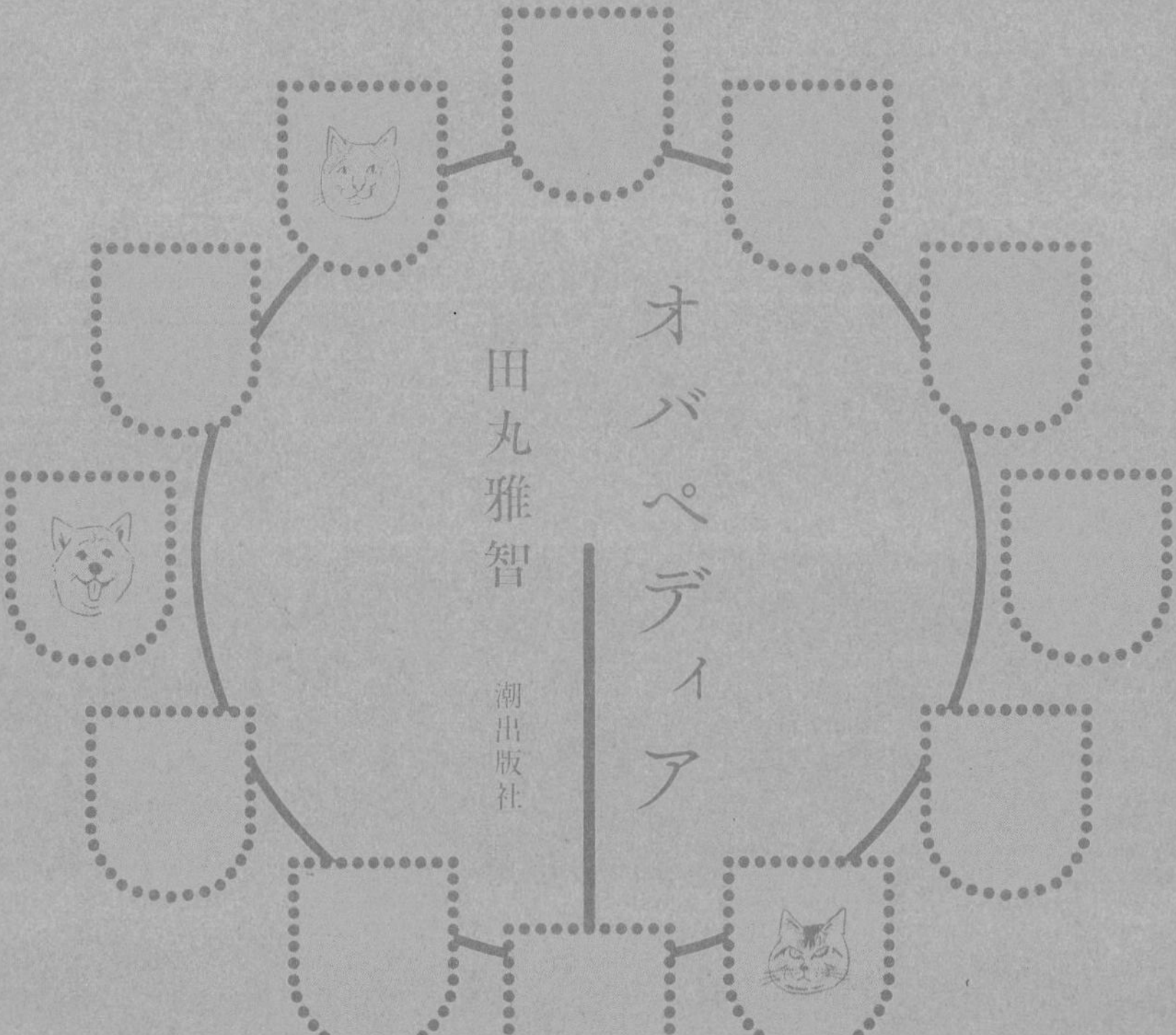

オバペディア

目次

装幀
池田進吾
(next door design)

# 1 しじ物件

目の前にチャンスが訪れたら、
あなたはその勝負に挑みますか?

新しく住む部屋を探していた。大学近くの都内中心部で見ていたのだけれど、貧乏学生の立場上、なかなか家賃との折り合いがつかずにいた。良いなと思った部屋は高く、安い部屋は住むのが躊躇《ためら》われるほどのボロアパートなのだった。

週末になると希望の沿線を歩き回り、不動産屋を見つけては片っ端からチラシをチェックする日々がつづいた。

そんなある日、おれは一軒の不動産屋に張りだされていたチラシを見て、目を疑った。そこにはマンションの写真を背景に、こんな言葉が書かれていたのだ。

家賃　月々 五千円 （敷金礼金なし）

「五千円……？」

あまりの衝撃に、思わず独り言がこぼれていた。見ると、駅から徒歩五分とも書かれている。

そんな立地で五千円など、ボロアパートでも聞いたことがなかったし、地方でだってなかなかお目にかかれやしないだろう。というか、そもそも写真の建物の外観は老朽化とは程遠く、実際に記されている築年数も浅かった。

ただ、おれはすぐに飛びついたわけではなかった。どう考えても、こんなにうまい話があるはずがない。何らかの訳アリだったり、特殊な条件があるに違いない……。

そう思って改めてチラシを読むと、案の定、「注意」という字が飛びこんできた。けれど、その下にあった言葉が妙だった。


当物件は、くじ物件です。


おれは聞いたことのない文言に首を傾げざるを得なかった。それと同時に、あることにも気がついた。肝心の部屋の間取りが一切書かれていなかったのだ。

怪しさ満点というよりなかったけれど、一方で、その謎めいた感じにどこか惹《ひ》かれている自分もいた。

聞くだけ話を聞いてみるか……。

そう思い、おれは不動産屋の扉を開いた。

いかにも地場の不動産屋といった感じの店内には、おじさんがひとり座っていた。

「いらっしゃいませ。どうぞどうぞ、お掛けになって」

奥に引っこみお茶を持ってきてくれたおじさんに、おれは早速切りだした。

「表のチラシを見てきたんですが……えっと、『くじ物件』でしたっけ？」

「ああ、あれはこの時期しか募集をしてない、おもしろい物件ですよぉ」

心なしか楽しそうにおじさんは言った。

「家賃五千円って、本当ですか？」

「ええ、ええ、もちろんです」

「でも、ちょっと安すぎません……？」

おれはズバリ聞いてみる。

「事故か何かがあった部屋なんですか？」

いえまさか、と、おじさんは即座にかぶりを振った。

「それじゃあ、どうして……」

「くじ物件だからですよ」

そう言うと、おじさんは机の下からファイルを取りだし一枚の紙を抜きとった。

「これが当該物件の部屋の間取りです」

その瞬間、おれは目をしばたたかせた。状況がまったく理解できなかったからだ。

## 1
## くじ物件

「すみません、資料が違うみたいですけど……」

目の前の紙には、3LDKという字が記されていた。八階建ての最上階で、広さも八十平米などと書かれている。当然、バスとトイレも別々だ。

こんな部屋が家賃五千円のわけがない……。

ところが、おじさんは資料を引っこめることなく強く言った。

「いえいえ、間違いありません」

ただ、と、おじさんは付け加える。

「こちらは一等のお部屋になりますが」

「一等？」

「何せくじ物件なものですから」

「はあ……」

困惑するおれをよそに、おじさんは別の資料を取りだした。

「こちらが二等の部屋になります」

今度は2LDKと書かれており、上層階の部屋だった。

「そしてこちらが三等です」

おじさんは立てつづけに資料を取りだす。今度は1LDKの部屋だった。

おれは堪《たま》らず口を挟んだ。

「あの、そもそも、その『くじ物件』というのは……」

「説明しましょう」

　おじさんは笑いながら足元から箱を取りだした。その上面には穴がある。

「ここに手を入れていただいて、くじを引いてもらいます。その結果で部屋が決まるというわけで、それこそがくじ物件という名の由来です」

「ということは、一等が出れば本当に……」

「最上階の３ＬＤＫの部屋にお住まいいただくことができます。もちろん、家賃は変わりません」

　おれは息を呑《の》みこんだ。たったの五千円で、そんな部屋に住めるだなんて……。

「ただし、契約には期限があります。毎年三月がくると一斉に居住者のみなさんにくじを引き直していただいて、また平等にお部屋を割り振る仕組みになっています」

　おれはひとつ尋ねてみた。

「……ですが、もしハズレが出たらどうなるんです？」

「ご安心ください。うちはハズレなしがモットーですので」

「どうなっても部屋は必ず借りられると？」

「まさしくです」

「なるほど……」

1
くじ物件

おれの心は、すでに大きく傾いていた。自分で住む部屋を選べないという意味では、たしかに訳アリ物件だ。けれど、こういう訳アリならば貧乏学生には願ったり叶《かな》ったりと言えるだろう。

「しつこいですが、どの部屋でも家賃は五千円、なんですよね？」

おじさんは、はっきり頷《うなず》いた。

それをたしかめ、おれは言った。

「決めました、この物件でお願いします！」

「内見はしなくても構いませんか？」

「構いません」

そう即答したのには理由があった。ひとつは、早くしないと他のやつに一等や二等を持っていかれると不安に思ったからだった。そしてもうひとつ、契約前に部屋を見ておくに越したことはないだろうが、もし内見で一等の部屋に魅せられてしまったら、当たらなかったときがつらい。落胆を長く引きずり、心によくない。

「では、こちらが契約書になりますので、ご一読を」

おれは文字の詰まった書類を適当に読む。

「はい、大丈夫です」

「よろしければ、こちらにサインと押印を」

その通りに従うと、おじさんが再び箱を出した。

「では、くじを」

箱の中には素晴らしい部屋が待っている……そう考えると、自然と汗が滲《にじ》んでくる。意を決して手を突っこむと、くじが山のように入っていた。俄《にわ》かに子供のころを思いだす。祭りでくじを引くときに、自分なりのジンクスがあった。下手に掻《か》きまわすより、ひょいと上からつかんだほうがアタリが出やすい――。

おれはひとつをつまんで引きあげた。三角に折られたそのくじを、恐る恐る開いてみる。文字の一部が見えはじめ、ドキドキしながら一気に開く――。

「うわぁっ」

次の瞬間、おれは肩を落としていた。

「六等かぁ……」

「残念でしたね」

おじさんは素っ気なくそれを回収する。

おれは少し遅れて、すがるように口を開いた。

「あの、もう一回できないですか!?」

「私は別に構いませんよ。お客さんさえよろしければ」

おじさんは、あっさり言った。

「引き直しは一回につき、五千円いただきますが」

おれは慌てて財布の中身をたしかめる。残りはギリギリ五千円で、ほとんど皆無の貯金のことを考えると、あと一回が限度だった。

「……まさか、一等が入ってないなんてことはありませんよね？」

「はは、そこまで阿漕《あこぎ》じゃありませんよ」

「それじゃあ……」

支払いを済ませ、おれは改めて箱に手を突っこんだ。今度は変なこだわりなど捨て去って、奥のほうをガサゴソやって渾身《こんしん》のひとつをつかみだす。

が、それを開いて落胆した。

「ああっ！」

記されていたのは無情にも「四等」という文字だった。

悔しがるおれに、おじさんは言った。

「まあ、よかったじゃありませんか、一番下の六等じゃなくて。それともまた引きますか？」

力なく首を横に振ると、おじさんはつづけた。

「では、これ以降は引き直しはなしということで」

頷きながら、おれは自分を励ますように言い聞かせる。

四等とはいえ、家賃はたったの五千円なのだ。つい３ＬＤＫなどという高望みをしてしまったが、いずれにしても家賃としては考えられないほど安い。

と、そこまで考え気がついた。そういえば、肝心の部屋の間取りを三等までしか聞いていなかった。

「それで、四等の部屋はどれくらいの広さなんです？」

おじさんは平然と口にする。

「広さというか、ルームシェアですね。四人での」

「ルームシェア⁉　部屋が小さくなるわけじゃないんですか⁉」

「いえ、そんなことは一言も申していませんが」

「でもぼく、そういう部屋はあんまり得意じゃないんですけど……」

「知りませんよ。ご不満がおありなら契約解除もできますよ。もっとも、途中解約は違約金をいただく規則になっていますが」

「違約金⁉」

「契約書に書いてあったじゃありませんか」

おじさんは契約書を指差した。

斜め読みしたのがいけなかった。おじさんの言葉の通り、そこには違約金についての条文があり、それによると途中解約は家賃二年分を払うようにと書かれてあった。

おれは愕然《がくぜん》とすると共に、この格安家賃のシステムを維持していける理由を悟った。くじの引き直しで得られる代金もさることながら、きっと期待外れの部屋に我慢ならなくなった人が途中で出て行き、その違約金で儲《もう》けているのだ。

しかし、仕組みが分かっても後の祭り。家賃二年分など到底払えるはずもなかった。

「……来月からお世話になります」

おれは不本意ながら願い出たのち、不動産屋をあとにしたのだった。

やがて引っ越しも済み、ルームシェアでの新生活がはじまった。

四つの個室がある部屋には、すでに同年代の二人の男が入居していた。そして彼らの指示で、家事や炊事の役割分担が決められた。

住めば都と言うけれど、いざ暮らしはじめてみると共同生活はそんなに悪いものでもなかった。ルームメイトとも打ち解けて、すぐに友達になってしまった。

それはそれで結果オーライだったのだけれど、のちに判明した事実もあった。下のほうの階層にある五等と六等の部屋のことだ。

風呂とトイレが共用なのは言わずもがな、五等の部屋は何個もの二段ベッドが詰めこまれた相部屋で、それと同じ部屋がフロアにいくつも存在しているようだった。六等はもはや部屋ですらなく、雑魚寝《ざこね》ができるぶち抜きの広いスペースがただあるばかりだった。

おれはようやく、この物件の全容を理解する。

一等や二等、三等なんかはめったに出ず、よくて四等、多くの人は五等か六等を割り当てられる仕組みなのだ。そして五等と六等を引いた人の選択肢は二つだけ。環境に耐えられず、違約金を払って出て行くか。それとも狭いケージで卵を産む鶏のごとく、せっせと家賃を払って住みつづけるか――。

あのとき自分も、六等を引いたまま諦《あきら》めていたら……。

そう考えると、心底ぞっとする思いだった。

ちなみに数か月後、おれたちの部屋に四人目のルームメイトがやってきて、生活は一変することになる。

同年代の、それも魅力的な美女が引っ越してきたのだ。

くじ物件にはこういう意味でのアタリもあるのだなぁと感心しつつ、最近では彼女にとっての一等の座を射止めるべく、ルームメイトの男同士でアピール合戦を繰り広げている。

# 2

# 記憶の喫茶

ニューロンとニューロンがシナプスで
結ばれるとき初めて、
記憶はこの世界に誕生するのです。

おれがその店に入ったのには、さして深い理由はなかった。仕事に疲れ、気晴らしに街をぶらついていたときだ。偶然細い路地の奥に佇《たたず》んでいたのが、喫茶「メモリア」という店だった。

「いらっしゃいませ」

店に入ると、マスターらしき老人が立ちあがって迎えてくれた。

平日の昼間だからか客はほかに見当たらず、おれはひとりカウンターに腰掛け、渡されたおしぼりで手を拭った。

おれはしばらく周囲を見渡したあとマスターに尋ねた。

「あの、すみません、メニューのほうは……」

「おっと、失礼しました」

そう言ってマスターは、出し忘れていたメニューを差しだした——わけではなかった。

代わりに彼は、こんなことを口にした。

「そのご様子だと、うちのことは知らずにお越しくださったのですね」

「え？　はあ、まあ……」

「じつはうちは、メニューを置いておりませんで。珈琲しかお出ししていないんですよ。ただし、その種類だけは豊富にあります。お客様のご要望に沿ったものをこの場でブレンドして、ご提供しているんです」

「……即興でブレンドを？」

マスターは、ええ、と頷《うなず》いた。

へぇぇと言いつつ、それじゃあ、とおれは伝えた。

「コクのある感じが好みなので、そういうのでお願いできれば……」

すると彼は、違うんです、と微笑《ほほえ》んだ。

「ご要望というのは味のことではないんです。うちの店は、ちょっと変わった珈琲をお出ししております。飲むと記憶を引き出せるというものなんです」

「記憶……？」

「人の記憶は、嗅覚と強く結びついているでしょう？　不意に鼻に入った香りで、ずっと忘れていた記憶が一瞬にしてよみがえる……そんなことは日常でもよくあります。

基本的には、それと同じ原理なんです。私は世界中の豆をブレンドして、目的に合った香りをつくりあげるのを得意としていましてね。そうして淹《い》れた珈琲をお飲みいただくと脳の記憶を司《つかさど》るところ――海馬《かいば》がほどよく刺激され、自在に記憶を引き出すことができるんですよ。引き出せるのは特定の記憶に留《とど》まりません。その人の頭の中に眠っているものでさえあれば、ふわりとした喜怒哀楽といった感情なども呼び起こすことが可能です」

マスターは控えめながら、誇りを感じさせる口調で言った。

おれはしばし考えた末に、口を開いた。

「……もう少し、お話を聞かせてもらえませんか？」

マスターの話は不思議なものだったけれど、なんだか興味を惹《ひ》かれたのだった。

「構いませんよ」

そう笑うマスターに、おれはこんなことを聞いてみた。

「ここには、どういった方々がいらっしゃるんですか？　もちろん、差し支えのない範囲で構いませんが……」

「そうですね、たとえば、ご友人や知り合い同士でお見えになる方が多いでしょうか」

マスターは語った。

かつて同級生だった。同じサークルに所属していた。仕事を一緒にしたことがある……

そんな老若男女が久々の再会を楽しむ場所として、この店は選ばれることが多いという。

マスターは訪れた人々に、引き出したい記憶のことを聞いていく。

いつごろの、どんな記憶か。

その情報をもとにして、珈琲豆をチョイスしてブレンドするのだ。

客はマグカップから漂う香りから、そして口に広がる香りから、当時のことを思いだす。もうそうなれば、思い出話で持ち切りだ。人々は、まるでつい今しがた身に起こったことのような感覚になり、生き生きとエピソードを語り合う。

「ほかにいらっしゃるのは……」

マスターは言う。

「人に紹介されるまま、何も知らずにお越しになるご夫婦なども」

そういう場合は、その紹介者から事前に店に連絡があることが多いらしい。二人の新婚時代のことを思いださせてあげてほしい。そうして店にやってくるのは、関係がすっかり冷えてしまっている熟年夫婦。けれど彼らもマスターの淹れる珈琲を飲むと結婚当初を思いだし、知らず知らず手を取り合っていたりする。

カップルのうち、一方だけがここの秘密を知っているケースもあるという。

「珈琲は彼にだけで結構です。この人の昨夜の記憶をお願いします」

そう言って、女性が何も知らずにぽかんとしている隣の男を指したりする。そんなとき、マスターは深く尋ねずそっと珈琲を提供して裏に引っこむことにしている。直後、平手打ちの音が響き、別れを告げる甲高い女性の叫びが聞こえてくる。

扉の閉まる音を確認してから表に出ると、だいたい決まって男が頬を押さえて呆然《ぼうぜん》としている。

「なんであんな話を自分から……」

そのセリフには、こういう事情があるらしい。

マスターは記憶を司る海馬に加え、香りで言語中枢をも刺激する術《すべ》を心得ている。男は前夜の秘密の記憶を珈琲で思いださせられると同時に、女性に向かってそれを強制的に吐かされたのだ。

こんな具合で、マスターの手にかかれば嘘《うそ》やごまかしの通用しない、脳に刻まれている通りの記憶が口から出てきてしまうこともあるわけだ。

「ただ、場合によっては、ちょっと考えさせられることも起こったりするんですが」

「といいますと……?」

「前に、お婆さまを連れて若いお孫さんがお越しになったことがありました。お婆さまは品の良い身なりをされているのですが虚空を漫然と見つめるばかりで、お孫さんによるとお婆さまは認知症になって大事な記憶が曖昧《あいまい》になってしまっているという話でした。それで、何とか一時的にでも記憶を取り戻してもらいたい。そして自分に教えてほしいことがある。お孫さんはそうおっしゃいました」

ですが、と、マスターはつづける。

「珈琲をブレンドするためいろいろと聞いていくうちに、なんだか少しおかしいなと。言葉の端々にも険があり、これは何かありそうだなと思っていると、やがて事情が分かってきました。お孫さんは、どうやらお婆さまの財産が目当てのようだったんです。お婆さまが忘れてしまった預金通帳や印鑑の隠し場所を思いださせて、聞きだしたい。それが目的だったようです。

ただ、裏があろうが、ご依頼はご依頼です。お婆さまが拒まれているならば私もお断りできるのですが、そうでない以上は他人様の事情に口を出すべきではありません。一方で私は私で煮え切らず、悩んだ末にお孫さんには内緒で、私はある珈琲をお婆さまに提供させていただきました」

「それは……」

「お婆さまが大切にされていた記憶を引き出して、話してもらう。それだけを意図した一杯です」

「なるほど……」

おれは話を理解する。

「その賭けは……」

「私の行為が正しかったのかは分かりませんが……しばらくするとお孫さんは、嗚咽《おえつ》をもらしながらお婆さまの肩を抱えて店を去っていかれました」

それ以上聞くのは野暮《やぼ》だろうなと、おれは想像するにとどめておく。

お婆さんの語った大事な記憶。それはきっと孫が最初に求めていたものとは違っていたのだろう。しかしその記憶は、孫の中に眠っていた別の記憶を刺激して、引き出すものとなったのではないだろうか――。

考えこんでいるおれに、マスターは言った。

「おっと、すみません、ついつい話が長くなってしまいました……お分かりいただけたでしょうか。このような趣向の場所なんです、この店は」

おれは、なおも黙って考えをめぐらせていた。

やがてマスターが心配そうな表情を見せはじめたころ、意を決して切りだしてみた。

「あの、もし可能ならば、相談にのっていただきたいことがあるんですが……」

「はあ、何でしょう……」

「この店に連れてきたい人間がいるんです。じつは私、こういう仕事をしていまして」

懐から手帳を取りだすと、マスターは目を瞠《みは》った。

おれは慌てて付け足した。

「いえ、このお店とは無関係なのでご安心ください。それで、もしこういったことをお願いできればの話なんですが……ちょっとご協力いただけないかと思いまして。もちろん、お礼はきちんとさせていただきます」

「……私なぞが何のお役に？」

「先ほど伺ったお話です。マスターならば人に記憶を思いださせて、それを吐かせることができる、と」

一瞬の沈黙のあと、マスターは悟ったように頷いた。

「ははあ、なるほど」

彼は微笑み、やってみましょう、と口にした。

「ですがその前に、せっかくお越しになられたのですから、いかがでしょう、ぜひ一杯だけでも。お疲れのご様子ですから、たとえば楽しかった記憶に浸って気分転換されていかれては?」

おれは、ぜひ、と即答し、そして珈琲の効果のほどを存分に体験することになったのだった。


後日、店を貸し切りにしてもらい行ったのは取り調べだった。

おれは刑事として、ある事件を担当していた。が、その容疑者を拘束したまではよかったものの、ところどころ容疑者の記憶が曖昧で、証言にも矛盾しているところがあり、全貌がつかめず疲弊《ひへい》してしまっていたのだ。そんなとき出合ったのが、この喫茶「メモリア」だった。

マスターの珈琲を口に含んだ容疑者は、人が変わったように理路整然と事件の経緯を話しはじめた。間もなくその全容が明らかとなり、おれは安堵《あんど》すると共にマスターの腕に心底感服したのだった。

　それからというもの、事件関係者の記憶の整理からはじまって、口を割らない容疑者たちの自白まで、おれはことにつけてはマスターを頼るようになっていった。もちろん仕事で常連になってからも、プライベートで顔を出すことは忘れていない。ありがたいご縁に恵まれたものだと、つくづく思うこの頃だ。

　ちなみにマスターにお願いすれば何もせずともことはどんどん進んでいってしまうので、おれはそのうちなんだか申し訳なさと情けなさに挟まれて、自分なりに何かできることはないだろうかと悩みはじめた。結果、自己満足的にたどりついたのが、キッチンを借りての調理作業だ。

　これにより、喫茶「メモリア」に新たなメニューが加わることと相成《あいな》った。

容疑者に出すおれの下手なカツ丼が、いまでは店の裏メニューになっている。

3

# 矢印の街

あなたの人生、
または人生の局面において、
あなたを導いてくれるものは
存在しますか？

「お兄さん、いくらいじってみても無駄だよ」

突然、声をかけられた。振り返ると、見知らぬ男がそこにいた。

「この街じゃ、そんなものは役に立たない」

おれは再び、手元のスマートフォンに目を落とす――。

すべては旅先でのことだった。レンタカーで走っていると、急にナビの表示がおかしくなってしまったのだ。自分がいるはずの周囲が真っ白になり、何もない場所を走っているような格好になっていた。

おれはナビを諦め道を見た。しばらく速度を落として走行しているとT字路があり、その真ん中に「→」と書かれた看板があった。

――道路標識を見るのなんて、いつ以来だろう。

看板には、なぜか行き先に関する情報は何も書かれていなかった。けれど、おれはなんとなく表示につられて右折した。さらに走ると道の途中でまた標識が目に入り、半ば無意識的にハンドルを切る。

そんなことを何度か繰り返すうちに景色が開けた。そして山間に現れたのが、この街だった。

おれは街中をしばらく車で走ってみた。車一台が走るのでやっとなほどの石畳の道の両脇には、八百屋や酒屋、おもちゃ屋など、どこか懐かしい店が軒を連ねていた。

——へぇ、この国にもこんな商店街がまだあったのかぁ。

でも、と、興味をそそられつつもおれは思った。一応、目的地のある旅だ。いつまでも知らない土地で油を売っているわけにはいかない。

ナビは相変わらず真っ白で、機能を果たしていなかった。とりあえず車を降りて、おれはスマホを取りだした。地図アプリを立ち上げて、現在地を確認しようと試みる。が、ナビと同様、周囲が真っ白に染まっていた。

さらに首を傾《かし》げたのは、地図を縮小してみてからだ。いくら広範囲で見てみても、通ってきたはずの道はおろか、日本地図さえ映らずに、どこまでも空白地帯がつづいていたのだった。

GPSか、もっと大元《おおもと》の機械の故障だろうか……。

途方に暮れていたところに、男に声をかけられたのだった。

おれは不審に思いながら男に尋ねた。

「役に立たない……？」

男は頷《うなず》き、ここは外から切り離された場所なのだと口にした。

「だから、外のものは使えない。この街じゃ、矢印だけが頼りなんだ」

「矢印が……？」

戸惑うおれに男はつづけた。

「デジタル技術が普及して、アナログの標識が世の中からすっかり消えただろう？　どこに行くにもナビかスマホがあれば十分で、地図さえもいらなくなった。街中からは案内標識が取り払われて、駅の出入口の看板なんかもなくなった。そうして行き場をなくしたのが、そこに書かれていた矢印だ。その矢印たちの集まった場所が、この街でね。ときどき、矢印に導かれて人がやってくるんだよ。あんたみたいに」

おれは道々にあった道路標識のことを思いだす。たしかにあれに従って走ってきたら、ここへたどりついた……。

「それで、どうやったら出られるんですか？」

街の中をうろつくうちに、すでにもと来た道は分からなくなっていた。長くつづいたGPS頼みの暮らしもたたり、いまや完全なる方向音痴でもあったのだった。

「出るも何も、ここで暮らすしかないさ」

「どういうことですか……？」

# 3
# 矢印の街

「どんな手段を使ったって、出ることはできなくてね。あんたも矢印に選ばれたんだよ」

ほら、と、男はこちらを指差した。

おれは自分の腹のあたりを見て驚いた。そこには青地に白抜きの交通標識のような矢印があったのだ。それもどういう原理か矢印はぷかりぷかりと宙に浮かび、コンパスのように目の前の男のほうを差していた。

そして二重に驚いたのは、もうひとつ別の矢印が目に飛びこんできたからだ。相手の男のほうにも板切れに手書きで描かれたような矢印が浮かんでいて、こちらを差していたのだった。

「おれは自分のこの矢印に導かれて、ここに来てね。どういうわけか、初めて街に来た人間の案内役を仰《おお》せつかってるのさ。これから、あんたは自分の矢印を頼ってやってくことだ」

それじゃあ、まあ、うまくやりな。

そう言い残し、男はどこかへ去って行った。

男の言葉を鵜《う》呑《の》みにするほど、おれは素直にできてはいなかった。進むべき道を示すかのように、くいっくいっと動く矢印のことは無視をして、何とか元の道に戻ろうと車で街を彷徨《さまよ》った。けれど、どこをどう走っても、最終的に戻ってくるのは同じ場所なのだった。

「どうなってんだ……」

おれは太陽の位置で方角を読もうと試みた。やがて陽《ひ》が暮れると、航海士よろしく北極星を指針に進もうともした。が、どういうわけか、進めど進めど、街から出ていくことはできなかった。

一晩中彷徨って夜が明けると、強い疲労感に襲われた。

おれは車外に出て、身体《からだ》のほうへ視線を落とす。矢印は斜め前を差していて、くいっくいっと動いている。

――試しに従ってみてやるか……。

車に乗りこむと、矢印の導くほうへと進んでいった。

たどりついたのは、森に近い丘の上の平屋だった。誰の家だろうかと思いながら、陽が昇り切るまで待ってから扉を叩《たた》いた。

返事はなく、しばらくたってスライドさせると簡単に扉は開いた。

「すみません！」

見つかったときの言い訳を考えながら、慎重に家の中を探ってみた。ところが、どの部屋も家具ひとつ見当たらず、どうやら無人のようだった。

矢印は家の中に入ってから、ここだ、と示すようにずっと真下を差していた。

――なるほど、ここに留《とど》まれということか。

疲労もピークに達していたので、おれはそう解釈して床に転がり眠りについた。

## 3
## 矢印の街

目が覚めてからも街を走り回ってみたけれど、二日もすると、ついに脱出は叶《かな》わないのだと観念した。家屋に誰かが来る様子もなく、おれは勝手に自分の住まいにすることにした。商店街まで出て行けば、食料から燃料まで、だいたいのものは手に入る。そのうち最低限の家具と家電も揃《そろ》え、本格的に街での生活をスタートさせた。

矢印は常に目の前に浮かんでいたけれど、いつも方向を定めているわけではなく、暇を持て余すようにくるくる無意味に回っているときもあった。むしろ、そのほうが大半だった。

しかし時おり、くいっくいっとひとつの方向を指し示すのだ。最初のほうは意地で無視をしていたけれど、そのうちやはり気になってきて、ある日を境に矢印を指標に行動してみるようになった。

矢印の示す先には、たくさんの出会いが待っていた。

あるときは、長年この街で暮らしているという人の家へとたどりついた。話を聞いていくうちに、いろいろなことが分かりはじめた。

この街は、矢印のナビゲートによって平穏が保たれているのだということ。信号がまったくないにもかかわらず、事故は起こったりしないという。矢印同士で情報が共有されて交通整理をしてくれているらしく、それに従う限りは安全が保障されるとのことだった。

「……もし逆らったらどうなるんです？」

「よくないことが起こるでしょう」

数年前に新しい若者がやってきたとき、話を信じず矢印を無視しつづけた。元の世界に帰ろうとしてバイクで走り回った末、水溜《た》まりで滑って横転し、命を落とした。

「あるいは迷子になって行方不明になる人もいます」

矢印の指示には、推奨する程度の弱い意味と、忠告に近い強い意味の二つがあるのだという。後者に背くと、どんな事態に陥っても文句は言えない。逆に言えば、矢印の助言に従う限り、快適な生活が保障されるということだ。行方不明になった者は、永遠にどこかを彷徨いつづけていると言われている。

「ただし、中には強制力を持った矢印もありまして。逆らおうと思っても、逆らうことができないんです」

その矢印は、鉢合わせすると危険な人物たちにのみ現れる。お互いが顔を合わさぬよう、行動を制限して事件を未然に防いでくれているという。それゆえに街の治安も保たれている。

「でも、なんだか息苦しいというか、窮屈ですね……」

本音をもらすと、こんな言葉が返ってきた。

「ブレない指針を手に入れられたと考えれば、こんなに良い話はないですよ」

「そうですかねぇ……」

「というか、そもそもほとんどの人間は意識していようがいまいが、指針なしには安心して生きていけないものですからね。考えてもみてください。普段の生活だって法律や常識、暗黙のルールなどの指針によって成り立っているものでしょう？　学業なんかでも同じです。多くの子供が学校や塾の指針に依存しているのが普通ですし、大人だってセミナーや研修に参加して進むべき方向を定めたり、誰かの助言に沿って日々を生きているものです。もっと単純に、何かを買うにしたってその道に詳しい人や著名人がオススメしたものを買うでしょう？　もちろん、そうでない人――自分自身で指針をつくってしまえる側の人もいるにはいますが、そんなのはほんの一握りの存在です。ほとんどの人にとって、指針というのは生きる上で必要不可欠なものなんですよ。この街ではそれが矢印という、じつに分かりやすい形で現れてくれている。そう考えると、どうですか？」

おれは唸《うな》るばかりだった。

月日が流れるにつれて、矢印の存在は次第に当たり前のものになっていった。無視したりすることはなく、かといって崇《あが》めるでもなく、家族のように共に過ごした。

矢印の勧めで、おれは商店街の雑貨屋を訪れて、そこでの職を得ることができた。得られる収入はそれほど多くはなかったが、暮らしていくには十分で、周囲を見てもみな同様に満足のいく生活を送っていた。この街では矢印が経済を担っていて、そして人々の幸福をも背負ってくれているのだった。

矢印のおかげで友人もたくさんできた。休みの日に退屈なときは矢印が察知してくれて、適当な遊び友達のところへ案内してくれる。悩みがあれば、それに見合った相談相手のところへと導いてくれた。

その友人のひとりから、興味深い話を聞いた。

矢印は万能なわけではなく、まれに予知しきれないこともあるらしい。彼の場合は、予期せぬ火事に巻き込まれたことがあると言った。しかし、そういうときは特殊部隊が出動するのだという。緑色の発光する矢印が現れて、避難経路を示してくれるのだ。それで彼も事なきを得たのだと、消防士に憧れる少年のような瞳で彼は語った。

最初に出会った男とも再会した。彼は街を訪れた者への最初の案内人のほか、矢印の指針に逆らって厄介事を引き起こした者への対応役も担っていた。外の世界で警官をやっていたのが影響しているのだろうと、男は言った。

やがておれに、後に妻となる人物との出会いも訪れた。仕事からの帰り道、街角で出合い頭にぶつかったのが彼女だった。落とした荷物を拾ってあげるうちに会話が膨らみ意気投合。付き合って結婚に至るまでに、そう時間はかからなかった。

後で聞いた話によると、この街では、こういった出会いで結婚に至るケースは多いらしい。もっとやりようはあるのにと、おれは矢印の不器用な面を知ってなんだか微笑《ほほえ》ましくなった。

そんな穏やかな日々に終止符が打たれたのは、突然のことだった。

ある日、勤務中に矢印が動き家のほうを激しく差した。あまりに様子がおかしいので、おれはやむを得ず帰宅した。すると、倒れた妻を居間で見つけた。

駆け寄ってみるも、素人《しろうと》では判断できない。妻の矢印も力なく床に転がっている。おれは妻を背負い、自分の矢印の示すままに突っ走った。導かれた先は、無論、病院だった。

矢印と一緒に妻を先生に預けると、緊急手術の判断が下された。おれは何もできず、待合室でひたすら待った。

長時間にわたった手術は成功した。が、妻の意識は戻っておらず、予断を許さない状況だった。今夜が山だと告げられて、ベッドの脇で夜通し妻を見守った。

不意に、矢印も万能ではないのだという友人の言葉がよみがえる。矢印を見ると、そわそわしているばかりだった。おれと同じく居ても立ってもいられないが、指示のしようがないのだろう。拝むように両手を合わせ、意識の回復をただただ祈った。

その瞬間は、明け方に訪れた。

うなだれているおれの前で、突然、矢印がくいっくいっと動いたのだ。視線を上げたその先には、目を開けた妻がいた。

声にならない叫びをあげ、おれは妻に駆け寄った。

「あなた……」

か細い声で妻は言う。

しゃべらないように伝えるも、妻はつづける。

「この子のおかげ……」

「えっ？」

「この子がね、助けてくれたの……」

その隣には妻の矢印が寄り添うようにひっついている。

途切れ途切れに妻は語った。

気がつくと、ゆっくり上昇しているような感覚に包まれていた。ぼうっとして何も考えることができず、ただその感覚に身を任せていた。

そのときだった。自分の矢印が目の前に現れ、くいっくいっと力強く動いているのが目に入ったのは。

「この子の差すほう――下を見たら、わたしの身体がベッドに横たわってて……」

「それじゃあ……」

おれは妻の矢印のほうを見やって、息を呑む。

小さな声で、ええ、と言って妻は微笑む。

「この子がわたしに教えてくれたの。戻るべきはこっちだって」

4

十郎

言葉には不思議な力があります。
そして、それは
名前についても例外ではありません。

生まれたときにつけられた名は「十郎《じゅうろう》」だった。

古風な名前だなと思いはじめたのは、小学生になったころからだ。「天使《えんじぇる》」「騎士《ないと》」などの個性ある名前に囲まれて、自分の名前は明らかに浮いていた。

いつか、学校でこんな宿題が出されたことがあった。

「自分の名前の由来を保護者の人に聞いてみましょう」

おれは母に尋ねたものだ。

「なんでぼくは『十郎』なの？」

母は少し困ったような顔をした。

「じつはね、お父さんの強い希望で……」

だから父へ聞いてみるようにと促され、おれは家のそばの仕事場へと足を運んだ。

おれの家系は代々、刀鍛冶《かたなかじ》を営んでいる。父もその職人で、早くに亡くなった祖父の跡を継ぎ、若くして当主を務めていた。すでに周囲からは名人と呼ばれつつあり、様々な賞をほしいままにもしていた。そんな父は、幼いおれのヒーローであり、誇りだった。

「ねぇ、お父さん」

一息ついたところを見計らい、おれは父に近づいた。

「なんだ、どうかしたのか？」

汗を拭《ぬぐ》う父に、おれは自分の名の由来を尋ねてみた。

と、予想に反し、父はしばらく黙ってしまった。そしてやがて、独り言のように口にした。

「……そうなる運命だったんだよ」

「運命？」

「うちの家系に生まれたからには避けられやしない……おれの名前もおんなじだ」

おれは父の言葉の意味がよく分からなかった。

「同じって？　だってお父さんの名前は『一郎《いちろう》』じゃない」

そのとき、おれは、あっ、と理解した。

「そうか、『郎』っていう字が一緒なんだね」

けれど、父はどこか寂しげに首を横に振った。

「そうじゃない」

そのうち分かるときがくる。

父はそれだけ言って仕事に戻っていったのだった。

物心ついたときから、おれは刀鍛冶の仕事に親しんでいた。ごく幼いころは危険だからと遠ざけられていたものの、自《おの》ずと鉄で遊ぶようになり、そのうち父の弟子たちも息抜きがてらおれに道具の使い方を教えてくれたりした。真っ赤になった鉄の塊を一緒に叩《たた》かせてもらって、鉛筆を削る小刀を作ってみたこともあった。心配する母をよそに、父は何も言わなかった。

異変が初めて起こったのは、小学六年生のときだった。

「キュウロウ、外で遊ぼーぜ」

休み時間、友達がこちらに向かって、そう声をかけてきたのである。

キュウロウ?

何の言葉との聞き間違いだろう……一瞬考え、空白の時間が流れた。

友達は不思議そうな顔をした。

「どうかした?」

「いや……」

結局おれは、空耳だろうと片づけた。

が、次の休み時間にも、おれは別の友達からキュウロウという言葉をかけられた。それも、一人や二人からではなかった。いろんなやつが「キュウロウ」と言って話しかけてくるのだった。

そこに至って、おれは気づいた。どうやらおれの名前を呼ぶときに、その言葉を使っているのだということに。

思い返せば、昔、そういうあだ名を友達につけられたことがあった。「十」に引っ掛け「九」の九郎《きゅうろう》というわけで、一時はそれでからかわれたものだ。

あれと同じことが、いままさに起こっているのかと、おれは思った。けれど、あまりに突然のことだったし、何より、ごく自然に口にしているだけのようで、みんなで口裏を合わせているとも思えなかった。

そしておれは、単に首を傾《かし》げているばかりではいられなくなる。授業中、担任の先生までもがこんなことを言ったのだ。

「おい、キュウロウ、ぼーっとしてないで、ちゃんと話を聞いてるかぁ？」

途端、教室の中に笑いが起こった。

「それじゃあ、次の問題はキュウロウに黒板で解いてもらうかっ」

先生は明らかにおれに向かって、まるで普段「十郎」と言うのと変わらぬ要領で話してきていた。

「ん？　どうした、気分でも悪いのか？」

戸惑うおれに、先生は顔をくもらせた。

「……なんでもないです」

その場はそれでごまかしたのだが、家に帰っても事態は収束しなかった。あろうことか、母までも自分に向かって「キュウロウ」と呼びかけてきたのである。

「ねぇ、そのキュウロウって何なの……？」

「急になに言いだすの」

母は怪訝《けげん》そうな顔をした。

「だからさ、それ、何のこと？」

「自分の名前でしょ？　冗談でも言ってるの？」

母は至って真面目《まじめ》な顔で言った。おれは身体《からだ》が冷えるような感覚に襲われる。

こうなると、もはや頼りは父しかいない——。

おれは工房の扉を開き、父を探した。

「おう、キュウロウ、どうしたんだ、焦った顔して」

そう声をかけてくる弟子たちの間を抜けて、見つけた父に駆け寄った。

「父さん！」

振り返った父の目は、ひどく落ち着いたものだった。まるでこちらが発する言葉を、あらかじめ知っているかのような雰囲気すら漂っていた。

おれは一気にまくしたてた。自分が別の名前で呼ばれはじめていることを。

心は恐怖で満たされていた。もし父が取り合ってくれなかったら——その思いを打ち消すように、おれは必死で訴えた。

やがて父はぽつりと言った。

「来たか……」

そしてゆっくり立ちあがり、別室のほうへと促した。おれは逆らえない気配を感じ取り、無言で後に従った。

「キュウロウ……いや、まだ十郎と呼んでやらないと理解が追いつかないだろうな。十郎、おまえに伝えないといけないことがある」

父は静かに切りだした。

「うちの家系の長男に課せられた定めのことだ」

「定め……？」

「キュウロウというのは、文字通りの九郎だ。今日からおまえは、十郎ではなく九郎になったんだ」

「なったって……襲名ってこと？」

ようやく取り合ってくれる人にたどりついたと思ったら、わけの分からない話に混乱は深まるばかりだった。

「違う。そんなものとは比較にならない。もう、この世でおまえのことを十郎と認識する人間は誰一人としていないんだ。戸籍も含めてすべてにおいて、おまえは九郎という名前になった。その代わり、刀鍛冶としての腕があがった。そういうことなんだよ」

呆気《あっけ》にとられるおれに、父はつづける。

「おまえ、刀鍛冶になるつもりだろう？」

確信に満ちた、射抜くような言葉にたじろいだ。工房に頻繁に出入りしてはいたものの、これまで一度たりとも、胸に秘めたその思いを父に打ち明けたことはなかったのだ。

「先代も先々代も、もちろんおれも、気づいたときには同じ思いを抱いていたから、おまえもそうだろうってな。伝わる話じゃ、先祖の誰かがモノノケか何かと取り引きをしたらしい。おれたちは、生まれながらにして刀に魅入られた存在なんだ。他の職人だと何十年もかかって到達する境地に、おれたちは半分にも満たない時間で届いてしまう。そして誰もが唸《うな》る素晴らしい刀をつくりだせる。

が、それには代償が伴ってな。刀鍛冶としての腕があがるごとに、自分の名前の数字がひとつずつ減っていくんだ。否、数字が減ったときにこそ、腕があがるというべきか……。

誰も覚えちゃいないが、おれも物心つくまでは十郎っていう名前だったんだよ。それがおまえと同じくらいのときに九郎になって、先代のもとで修業するうちに変わっていった。最高位の一郎の名になったのは、おまえが生まれる少し前だ。

おまえもこれから、同じ道をたどることになるだろう。もがいたって、どうにもならない。刀の呪縛から逃れられた人間はひとりもいない。早く運命を受け入れてしまうことだ」

その口調には、珍しくどこか投げやりなところが含まれていた。そこが少し引っ掛かった。

「……でも、その分、腕はちゃんとあがるんでしょ？」

名前が変わってしまう運命にあるだなんて、たしかに衝撃的な話だった。ただ、慣れないうちは不便もあるだろうけれど、腕があがるのならば刀鍛冶として願ってもないことじゃないかと思ったのだ。

「まあ、世の中そう簡単にはできてないんだよ」

「どういうこと？」

「いつか分かるさ」

それ以上、父は語ってくれなかった。

おれはその日を境に、工房で本格的な修業を開始した。

その中で、やがて父の言った通りのことが起こった。周囲から呼ばれる名前は「九郎」から「八郎《はちろう》」になり、「八郎」から「七郎《しちろう》」になった。それに伴い、おれはめきめきと力をつけて頭角を現していった。

「こりゃ、一郎さんの再来だな」

周りの賛辞にも舞いあがることなく、おれは父の元で修業に励んだ。そして二十歳を過ぎたころには「四郎《しろう》」という名へと変わっていた。

さらに数年の月日が流れ、おれはついに「三郎《さぶろう》」を経て「二郎《じろう》」になった。

さあ、いよいよ一郎が見えてきた――。

そんな希望に満ちていた、ある晩のことだった。

おれは突然、父に呼びだされた。

「二郎、おまえに伝えなければならないことがある」

神妙な面持ちの父に、何事だろうかと工房の隅で居住まいを正した。

「おれももう長くはない。その前に、当主としての引き継ぎをおまえにしなければと思ってな」

「ちょっと待ってくれよ。どうしたんだよ、急に」

父の髪には白髪が目立つようになっていた。が、まだまだ腕は衰え知らずで、父は相変わらずおれの憧れであり目標の人だった。

そのとき、ハッとして呟《つぶや》いた。

「まさか、病気か何か……」

「そうじゃないんだ。いや……似たようなものか」

## 4
## 十郎

父はつづけた。

「おまえはおれの父親――じいさんのことをよく知らないだろう？　そりゃそうだよな。おまえが生まれる前に、じいさんは死んでしまったんだから。じいさんを殺したのは他でもない、このおれだ。おれのせいで、じいさんは若くして命を落とした」

予期せぬ話に、目を見開いた。

「そしていまでは、じいさんの名前を知る人間は誰もいない。『じいさん』『おじいちゃん』『おとうさん』、そんな具合で呼ぶことはあっても、みんな名前は口にしない。いや、呼びたくても呼ぶことができないんだ」

指摘され、初めてその事実に気がついた。が、祖父の名に思いを馳せようとしたその瞬間、ぼんやりと頭に霞《かすみ》がかかったようになり、それ以上考えることができなくなった。

なぜなら、と父はつづけた。

「じいさんは名無しになったからだ。おれが一郎になったせいで」

そして、それと同時に命を落とした――。

父は語った。

一郎が同時に二人、この世に存在することはできない。一郎の名を持つ親は、子が二郎から一郎になったときに名前を失い、この世を去る。

「おまえが一郎の名を手にする日も、そう遠くはないだろう。そのときが、おれの命日になるわけだ」

おれは今更、一笑に付すことなどできなかった。この身をもって、不可思議な現象をたくさん経験してきているのだ。

「父さん……」

やっとの思いで口にしたが、父は遮る仕草《しぐさ》を見せた。

「それ以上は言わなくていい。腹はとうの昔に括《くく》っている」

その日から、おれは圧倒的な虚無感に苛《さいな》まれながら日々を過ごした。

仕事をすれば、まだまだ技術は洗練されていくのが自分で分かる。が、それは「一郎」への坂道を着実にのぼっているということで、父の死をカウントダウンしていることに相違ないのだ。かといって、工具を手にとらずにはいられなかった。身体が勝手に動きはじめてしまうのである。

術《すべ》のないまま、ただ時間ばかりが流れていった。

次第におれは精神的に蝕《むしば》まれていき、酒に逃げるようになった。仕事中も気がそぞろで、つまらないミスをしょっちゅう犯すようになっていった。

「おい、二郎！　集中しろ！」

運命から逃れることができないのなら、せめて手を抜くことで名前が変わるのを少しでも先延ばしにできないものか……。そう考えるも、父に叱咤《しった》されると自然とまた身体が動いてしまう。そのたびに、絶望的な気持ちになった。

そしてとうとう、運命の日がやってきた。

ただ、待ち受けていた現実は想定とは異なるものだった。

その日、おれはいつものように工房で仕事をしていた。もはや自分の仕事に魂など微塵《みじん》もこもっておらず、ただ惰性のままに槌《つち》をひたすら振っていた。

そのときだった。弟子のひとりが、こちらに向かって口を開いた。

「そろそろ昼休憩にしませんか?」

そして、こうつづけたのだ。

「ニブンノイチロウさん」

「えっ?」

おれは一瞬耳を疑い、すぐに音を頭の中で変換していた。

二分の一……たしかにいま、そう言われなかったか?

思わず父のほうを見た。

そばで聞いていたらしい父は、すでに悟ったような顔をしていた。

「なるほど、最近のおまえの仕事ぶりに天罰が下ったらしいな」

父の表情は心なしか緩んでいる。

「まあ、少しは寿命が延びたみたいだから、おれにとっては幸運といえるかもしれないが」

いや、と、父はひとりでつづける。

工房の負担が増えるから、やっぱり天罰には違いないか。

「天罰……？　負担……？」

おれはひとり困惑する。

父は一瞬、ニヤリとした。

「聞いての通り、今日からおまえは二分の一――半人前として出直しだということだ」

5

# 採集電車

コレクターは、なぜ集めることに
労力を惜しまないのか
知っていますか？
いえ、そのほとんどに意味など
ありません。

「すみません、忘れ物をしたみたいなんですが……」

おれは、どうかここにあってくれと願いながら申し出た。

駅員さんは、にこやかに対応してくれた。

「いつ、何をなくされましたか？」

「昨日の夜、たぶん、終電でこれくらいの鞄《かばん》を……」

おれは朝から、恥ずかしさですっかり縮こまっていた。

そもそもは、飲み過ぎたのがいけなかった。学生時代の旧友との会。金曜日の夜の開催ということもあり、ノリとストレス発散とで、浴びるようにみんなで酒を飲んだのだった。

気づくと深夜になっていて、時計を見るとギリギリ終電に間に合うかどうかの時間だった。おれは自分の飲み代を手荒く置いて、電車に駆けこみ空いた席に腰掛けた。

……と、そこまでは記憶が残っていた。

ハッと意識が戻ったのは明け方で、どうやって帰ってきたのか、おれは家のベッドにスーツ姿で横たわっていた。不思議と酒は残っておらず、妙に頭はすっきりしている。が、記憶を遡《さかのぼ》ろうとしたものの、どうにも思いだすことができなかった。

そのとき、あることに気がついた。

鞄がない！

たしかに電車に乗ったときには手にしていたはずだった鞄が、手元になかったのだった。慌てて部屋の中を見渡すも、やはりどこにも見当たらない。洗面所、風呂場、玄関とたどっていっても影はなく、おれは道に落ちてやしないかと家を出た。そうして駅のところまで来たものの何の手がかりも得られずに、開いたばかりの駅の中へと入っていった。

ここになければ盗難被害に遭った可能性も高くなる。鞄の中には大事な書類も入っていて、なんだか泣きそうになってきていた。

そんなおれが尋ねると、駅員さんは何かの書類を確認してから口を開いた。

「そうですねぇ……特にこちらには届いていないようですね」

その言葉に、ひどく落胆しそうになった。

が、駅員さんはつづけて言った。

「ただ、もしかすると、お客様はサイシュウ電車に乗られたのかもしれません」

おれは困惑しつつ返事をした。

「えっと、はあ……そうですね、乗ったのはたぶん終電です」

さっき言ったのが聞こえなかったのだろうかと思っていると、駅員さんは「違うんです」と口にした。

「いまサイシュウ電車と申し上げたのは、終電のことではないんです。昆虫採集などで使うほうの『採集』という字を書く『採集電車』というのが存在しているんですよ」

「採集電車?」

「ときどき普通の電車に混じって線路を走っていましてね。これがなかなか、困ったやつで」

まるで知人の話でもするように、駅員さんは語りはじめる。

「電車で無くしものをする方がいらっしゃいますが、何割かはそいつの仕業なんです。特にダイヤが乱れているときなんかによく現れるんですが、時刻表にない時間に電車が来れば、採集電車の可能性がありますね。一見すると普通のものと変わりはないんです。ですが、この電車には収集癖がありまして。誰かが車内に忘れた物を採集するんです。ときには隙を見て、人のものを自らとりにいくこともあります。傘や定期、財布や携帯電話など、あいつは何でも持っていきます」

反射的に、おれは尋ねる。

「持っていって、どうするんです……?」

「コレクション――つまり、よく出入りする車庫の隅に陳列していくんですよ。まるで巣に物を持ち帰るカラスのように」

そんな電車があるだなんてと、おれは思わず呟《つぶや》いた。

「すぐには信じられないことだと思います。私もこの業界に入るまでは知りませんでした。上司から話を聞いたときも、最初は担《かつ》がれているか、都市伝説のたぐいだろうと思っていましたよ。ですが、実際に車庫に陳列されたコレクションを何度も見かけるうちに、だんだん本当なんだなと理解できるようになっていきました。別に外部に隠されている話ではないんですが、立場上、普段はこうしてお客様とゆっくりお話しできる機会はありませんので、なかなか知られはしないんです」

たしかに駅員さんと話すときはいつもだいたい急いでいて、雑談をするどころではないなと思った。仮にこちらに余裕があっても後ろには決まって列があるので、他人の視線が気になって悠長に話している場合でもない。

「コレクションされたものたちは、どうなるんですか?」

「お客様の遺失物ですので、そのまま触らず置いています。忘れ物のお申し出があったとき、中に紛れていないか探しに行くんです。ただ、スペースにも限りがありますので、いつまでもというわけにはいかず、落とし主がいらっしゃらなかった場合は一定期間後に処分する決まりになっています」

「えっ、それじゃあ」

自分も急がないと、処分されたら……。

「大丈夫です、そんな急な話ではありませんので。ですが、早いうちに行けば前のほうに陳列されていますから、比較的見つけやすいとは思います。お客様の場合、昨夜は終電に乗られた覚えがおありとのことですが、採集電車は慌ただしい終電間際にも現れやすいんです。あれに乗ってしまった可能性は高いのではと思います」

おれはすぐに問いただす。

「その巣になっている車庫はどこにあるんですか？」

「季節ごとに移動していますので……少々お待ちください」

駅員さんは奥に入って電話を取った。しばらく誰かと話したのちに戻ってくる。

「確認が取れました。いまは……」

彼はある駅の名を口にした。そこはちょうど、よく使う路線の終点になっているところだった。

「あの、これから伺っても……？」

頷《うなず》く駅員さんにお礼を言うと、おれは電車に飛び乗った。

事情を話して案内されたのは、駅に併設された薄暗い倉庫のような場所だった。新たな駅員さんのあとにつづき、さらにその一角へと進んでいくと、何やら物置のようになっているところが見えてきた。

「これが採集電車のコレクションなわけですか……」

どちらかというと、陳列というより、ただ雑然と置かれているだけのように思えた。

「どうぞ、ご遠慮なくお調べください」

駅員さんに促され、おれは早速、手前の列を端から順に見はじめた。

ネクタイ、スカーフ、ハンカチ、帽子。

よれたそれらを見ていると、押収品でも眺めているような気になってくる。

中には弦楽器の形をした黒いケースが横たわっていたりもした。管楽器と思《おぼ》しきものも近くにあり、これは部活帰りでおしゃべりに夢中になっていた吹奏楽部の学生たちがやられたのだろうと推測した。

おれが驚くべきものを発見して絶句したのは、反対側の端のあたりに視線をやったときだった。

「あの、あれは……」

「いやあ、ときどきあるんです。外から入りこんだわけではありませんよ。これも採集電車の採集品のひとつなんです。まだ陳列前のようですが」

おれの眼前には、ひとりの男の姿があった。

「隙さえあれば、電車は何でも採集します。きっとお酒に酔ってしまって、隙だらけだったのでしょうねぇ」

男はだらんと身体《からだ》を横たえ、半分うつ伏せの状態で眠りこけていた。下品ないびきが聞こえてきて、酒臭さも漂ってくる。

「何でもって、人間までも……」

「特に学生さんやサラリーマンの方が多いですね」

と、その男の持ち物に目が留まり、おれは言葉を失った。

眠りながら、男は胸に鞄を抱きしめていた。それが、おれの失くした鞄とよく似ていたのだ。

背筋がやけに冷たくなる。

恐る恐る男に近づき、顔を覗《のぞ》きこんで呆然《ぼうぜん》とした。その男は紛れもない、おれ自身だったのだ。

いったい何が起こっているのか――。

「これはこれは……」

駅員さんが近寄ってくる。

「こういうことも稀《まれ》にありまして……お客様、昨夜は相当お飲みになったんではないですか？　泥酔して心と身体が分離したところを狙われたんでしょう。鞄どころか、身体ごと採集されてしまったようですね」

駅員さんは、平然とそう口にする。

「処分される前に見つかって、よかったですね」

聞こえる言葉は、本気なのか冗談なのかよく分からない。

「身体って……じゃあ、いまのこの自分は」

「分離して残った心でしょう。それより、陳列前のようですが、いまお持ち帰りになりますか？　それとも……」

「当たり前じゃないですか！」

こんな薄汚いところに並べられて堪《たま》るかと、おれは駅員さんの言葉を遮《さえぎ》った。恐怖心にも急《せ》かされて、横たわる自分のほうへと手を伸ばす。指が触れたと思ったその瞬間、ひゅうっと吸いこまれるような感じがして、何かが重なるような感覚に包まれる。

「うわぁぁっ！」

思わず叫ぶと、駅員さんが慌てて飛びついてくる。

「ちょっと！　大丈夫ですか!?」

しかし、おれは何も返すことができなかった。いや、すでに返せるような状況などではなかったのだ。

ひどい頭痛で、頭はいまにも割れそうだった。

おれは駅員さんの陳列前という言葉の真意をようやく悟り、激しい後悔に襲われていた。

きっと電車は、あとでコレクションに加えるつもりだったのだ。おれの身体の酔いを覚まさせ、採集品のコンディションをきちんと整えておいてから。

# 6 甘海、甘魚

なぜ海水は塩辛いのでしょうか？
それは、四十億年以上も前に、
塩を含んだ陸地の岩が
雨によって削り取られ、
川となって海ができたためだと
いわれています。

「こう同じものばかりだと、なんだか飽きてしまうのう」

御膳《ごぜん》を前に、殿は言った。

「特に魚じゃ。余はこの塩辛いものに飽きてしもうた。なにか違うものが食べたいのう」

「そう言われましても、これは高級な品にござりまするぞ。それに、煮つけならば多少は甘いではござりませぬか」

「どう料理しようが塩の海で育ったものはおんなじじゃ。塩辛いものより、甘いものが食べたいぞよ。なんとかしてくれまいか」

そこへ別の家臣がやってきて、その場にさっと腰を落とした。

「殿、なにやら妙な商人が殿との面会を希望しておりまする。いかがなさりまするか」

「ほう、どんな者かえ」

「遠い異国を旅してきたという商人にござりまする。何でも、殿に披露したいものがあるのだとか申しております」

# 6
# 甘海、甘魚

「それはおもしろそうじゃ。ここへ通してくれい」

「ははあっ」

しばらくすると部屋に商人が入ってきて、殿の前で頭を下げた。

「苦しゅうないぞよ」

声をかけられ顔をあげた商人に、殿は尋ねる。

「して、今日は何用でやってきたのか」

「ははあ。たいへん珍しいものを手に入れましたゆえ、ぜひ殿にお見せしたくお持ちいたした次第です」

「珍しいものとな？」

「はい、しばしお待ちを。おうい、持ってまいれ」

商人は襖《ふすま》の外に向かって呼びかけた。するとその従者が身を低くして入ってきて、殿の前にすっと何かを差しだした。それは桶《おけ》で、中には魚が並んでいた。

「なんじゃ、魚ではないか」

殿は落胆した声をもらす。

「余はこれが嫌で嫌で仕方がないのじゃ」

しかし、商人は構わずつづけた。

「殿、こちらはただの魚ではございませぬ。西の果ての異国から持ち帰った、甘魚という代物なのです」

「あまうお、とはなんじゃ」

「甘海に棲《す》む魚介類のことでござりまする」

「あまうみ、とはなんじゃ」

「甘い海のことでござりまする」

殿は「ほう」と口にした。

「甘い海とな？　海とは塩辛いもののはずではないか」

「異国には、そのような海があるのです。これは、そこで生きる珍しい魚たちでございます。たとえば、このエビは甘エビと申します。その隣は甘ダイでござりまする」

「甘エビに甘ダイじゃと？　それならば、余も聞いたことがあるぞよ」

「恐れながら、殿がご存知でありますのは違うものでござりましょう。この甘エビを一口、召し上がってみてくだされ。生かして運んできたものゆえ、新鮮でござりまする。ほれ、甘エビを剥《む》いて差しあげよ」

剝いたそれを従者が差しだし、殿のお付きの者が毒見をする。そのあとで、殿がぱくりと口にする。

「なんと、これは驚いた」

殿はもぐもぐしながら目を見開いた。

「まるで菓子じゃ」

「その通りでござりまする。甘海の魚は海の甘みを吸収し、じつに甘く育つのです。それだけではござりませぬ。さらに人の手を加えることで、甘味はいっそう増すのです。ほれ、あれを」

商人は従者を下がらせた。

やがて戻ってきた彼の手には器があり、魚が湯気を立てていた。

「甘サバの砂糖焼きでござりまする」

「砂糖焼き」

「砂糖をまぶして焼いたものです」

「どれ」

殿は箸を手にすると、身をほぐして口に運んだ。

「ふうむ、美味じゃ……」

唸《うな》る殿に、商人は表情ひとつ変えずに言う。

「ありがたきお言葉にござりまする」

「いやはや、こんなものを食べたのは初めてじゃ。じつにおもしろい。余はたいへん満足したぞよ」

そして殿は家臣に言った。

「この者たちに、たっぷり褒美をやってくれい」

「ははあっ」

家臣たちが褒美を用意しているあいだ、殿は商人に声をかけた。

「ところで甘魚とやらは、おぬしのところに他にもまだあるのであろうか」

「もちろんでございます。たくさん持ち帰ってまいりまして、いまは生簀《いけす》で飼っております」

「甘魚とは、じつにええものじゃのう。余は気に入った。ここへまた、持ってきてはくれまいか」

「ははあ。仰《おお》せのままに」

頭を下げ、商人は授かった茶器や米俵を馬に積んで帰っていった。

その日から、商人は毎日のようにやってきては殿へ甘魚を献上した。

「本日は甘ギスを持ってまいりました。天ぷらなどにしてご賞味ください」

料理が運ばれ、殿は舌鼓《したつづみ》を打つ。

「ふうむ、頬がとろけるようじゃのう」

商人は日ごとに甘アジ、甘ガツオ、甘スズキと、いろいろな甘魚を持ちこんだ。

あるとき殿は、茹《ゆ》で甘ダコを口に運びながら商人に尋ねた。

「のう、おぬし。甘海は、なぜにそんなに甘いのか。最近、余は気になって仕方がないぞよ」

「殿、それは甘雨が関係しておりまする」

「なんじゃそれは」

「甘海に面した異国では、甘雨が――つまりは甘い雨が降るのです。降った雨は地下へと潜って川に出て、やがて海へと流れてゆきます。それゆえ、海が甘くなるのです」

商人はつづける。

「聞いた話によりますと、なんでも昔、その地には甘いものを大層好む仙人がいたのだそうです。仙人は砂糖を集め、仙術をもってそれをたちまち雲に変えてしまったとのこと。その砂糖でできた雲の降らせた雨こそが、甘雨というわけです。以来、海の一部は絶えず雲へと変化して、また甘雨を降らせるという循環が異国の地に完成いたしました。仙人は時おり近くの村へ降りてきては、いまでも甘魚を食して満足そうにしているようでございます」

「ほほう、ということは、甘い川というのもあるのかえ」

商人が頷《うなず》く。

「ございますとも。それでは明日は、甘川で採れた甘アユをお持ちすることにいたしましょう」

それからも、商人は甘魚を持参して、殿は変わらずそれを食した。

しかし、家臣の中には甘魚に夢中の殿を心配する者もいた。何しろ、朝昼夜の三食はもちろんのこと、殿はそのあいだにも甘イワシの煮干しを齧《かじ》ったりし、甘魚づくしの生活を送るようになっていたのだ。

家臣たちは囁《ささや》き合った。

「なあ、近ごろ殿はお太りになってきたのではなかろうか」

「うむ、わしもそう思っておったところじゃ」

「あの甘魚とやら、果たして身体《からだ》によいものなのであろうか。商人はああ説明をしておるが、得体《えたい》の知れぬものに変わりはない」

「たしかに、毒の中にはじわりじわりと効いてくるものがあると聞く。あれは、そのたぐいなのかもしれぬ。毎日食させ、死に至らしめるのが目的か」

「もしそうならば大ごとじゃ」

不安視する声は、家臣のあいだで広まっていく。

そんなこととはつゆ知らず、殿は甘魚を食しつづける。

「殿、本日は甘ガレイの煮つけにござりまする」

「どれ……ふうむ、これまたずいぶん甘いのう」

「砂糖をたくさん含ませた醤油で煮ておりますゆえ」

「同じ煮つけで、こうも違うものなのか。なんと幸せな気分であろう」

## 6
## 甘海、甘魚

商人が帰っていくと、殿は大きなあくびをする。

「ふわあ……」

そうしてまどろんだ眼で、家臣に告げる。

「なんだか眠たくなってきたのう。余は昼寝をするぞよ」

「殿、食事のあとは大事な公務がございまする」

「少しくらいよいではないか。余は眠いのじゃ」

止める家臣を気だるそうに振り払い、殿は寝床に入ってしまった。

その様子を見送ると、家臣たちはまた言い合った。

「最近、殿は食後に寝てばかりではないか」

「あの商人が出入りするようになってからじゃ」

「甘魚の毒であろうか」

「そうかもしれぬ」

「やはり、あの商人はどこぞからの刺客であったか……」

別の家臣が口にする。

「甘いものを過剰に摂ると、眠くなると耳にしたことがありますぞ。これを利用し、公務を妨害しようとしているのではありますまいか」

「なにっ、甘いものにはそのような作用があったのかっ」

「もしまことなら、なんとゆゆしき事態かっ」

「殿を起こせっ、寝させてはならぬっ」

家臣たちはドタバタと殿の寝室に駆けこんでいく。

「殿、寝てはなりませぬっ！」

「なんじゃ、騒がしいのう」

「お昼寝は認めませぬ！　公務をまっとうしていただかねば、国が滅びまする！」

その必死の形相に、殿はすっかり目が覚める。

「大げさなことじゃのう……」

そう呟《つぶや》いたときだった。殿は瞬間、顔をしかめた。

「あたた……」

「殿！　どうなされました！」

「歯が、歯が……」

「お見せください！」

痛がる殿の口を開け、家臣は中を覗《のぞ》きこんだ。すると、奥歯が黒く変色していた。

「虫歯じゃ！　殿が虫歯になっておる！」

「甘魚を毎日食らっておったのが祟《たた》ったのじゃ！」

「はよう手当てを！」

すぐに医者がやってきて、殿の虫歯を抜歯する。

その影響で、しばらく殿は床で伏せって起き上がることができなかった。

しかしやがて回復したころ、また商人がやってきた。

「殿、なんでもご病気であられたと伺いましたゆえ、病み上がりには甘いものでございます。本日は甘シラスを持ってまいりました。砂糖水で湯がいて食すと美味ですぞ」

そのとき突然、控えていた家臣たちが一斉に商人に飛びかかった。

「おのれ商人！　おぬしを謀反《むほん》の罪で処刑する！」

肩をつかまれ押さえられるも、商人には余裕の気配が漂っている。

「おやおや、これは穏やかではございませぬな。なにゆえ、このような荒事《あらごと》をなさるのでしょうか」

「とぼけるな！　おぬしの魂胆は見えておる。殿を病気に至らしめ、国を滅ぼすつもりじゃろう！　妙な魚を持ちこみつづけたその行いこそ、何よりの証拠じゃ！」

「甘魚をお持ちしたのは、殿がご所望されたからに他なりませぬ」

「黙れいっ！」

そう家臣が怒鳴ったところで、殿がおもむろに口を開いた。

「まあまあ、そういきり立たんでもよいではないか。余はその者に感謝をしておる」

「しかし、殿！」

「商人の申す通り、望んだのは余のほうじゃ。異国の不思議な話も聞かせてもろうた。身体のことも、いまはこうしてピンピンしておるではないか」

「しかし！」

なおも食い下がろうと、別の家臣が横から言った。

「……殿、せめて甘魚を食すのだけはおやめください！」

家臣はつづける。

「甘魚は身体に毒でござりまする！」

「ふうむ」

その言葉に、殿はしばし思案した。

「毒かどうかは分からぬが、そうじゃのう……」

宙に視線を固定して、顎に手を当て「ふうむ」と唸る。

やがて殿は口にした。

「たしかに、いくら甘いものが美味とはいえ、こうもつづくとさすがにのう……」

そのとき殿は、「そうじゃ！」と言って立ちあがった。

「ええことを思いついたぞよ」

殿はバシッと扇子をたたんで商人を差す。

「おぬしを罪に問わぬ代わりに、余の願いを聞き入れてはもらえぬか」

商人は取り押さえられたまま、はて、と頭を傾ける。

「どのような命《めい》でござりましょう」

家臣たちも見守るなかで、殿は言った。

「ちょうど余も、そろそろ塩辛いものが恋しくなってきておった。そこでおぬしに頼みがある。異国には甘い海があるくらいじゃ、塩辛い海もどこかにあるに違いない。おぬしには何とかそれを探しだし、そこの魚を運んできてもらいたいのじゃ」

# 7

# プレミアム地方

その価値を決めるのは、
ときとして世間であり、
ときとしてあなた自身です。

昔から、キラキラした人に憧れがある。セレブや富裕層と言われる人たちだ。

宝くじでも玉の輿《こし》でも、手段はなんだって構わない。いつかは自分もお金持ちになって、周りの視線を集めるような女になりたい。ずっとそう願ってきた。

けれど現実は甘くなく、いつまで経《た》ってもキラキラ生活は夢のまた夢のままだった。

そんなわたしがプレミアム地方のことを耳にしたのは偶然だった。会社の同僚から、こんなことを聞いたのだ。

「なんか、プレミアムな人だけが住んでる地域があるらしいって話、知ってる？」

「プレミアム……？」

「庶民とは違う、ワンランク上の人たちだけが住んでる場所なんだって。住むには厳正な審査があるらしくて、ただの高給取りとか成金じゃあダメなの。一定以上の収入がある上で、プレミアムにふさわしい品格とかが問われるんだとか」

だけど、と同僚はつづけて語った。その審査の先に待っているのは、世にも素晴らしい生活なのだ、と。

マンションなどの居住空間がプレミアムな仕様になっているのは言うまでもない。住む人々は、好みに応じて洋風から和風まで、あらゆるテイストにおける最高級の住まいを選択できる。それぞれの家にはコンシェルジュがついていて、何かあると即座に対応してくれもする。

住民には心に余裕のある人しかいないので、ご近所付き合いでトラブルが発生することもない。むしろ地域のどこかで毎日のようにパーティーが開かれていて、住民たちの親交は自《おの》ずと深まっていく。一方で、そこに参加しなかったからといって気まずい思いをすることもない。住民たちは適度に干渉し、適度に距離を取りながら、優雅な生活を送っているのだ。

プレミアム地方のスーパーには新鮮で美味なものしかおいておらず、家具や家電も出店基準を満たした良質な店しか存在しない。ネームバリューというよりも、あくまで本物にこだわり抜く。

交通機関も、無論、すべてがプレミアムだ。電車はグリーン席のみで、プライベートジェットやヘリコプターが日常的に使われる。路上を行き交う高級車は環境に優しいエコなもので、全自動で事故もない。遊歩道は重厚な石畳や風情あるレンガ敷きになっていて、早朝や夕暮れどきは人々がゆったり散歩する……。

「ねぇ、そこ行きたいんだけどっ！」

わたしは身を乗りだして叫んでいた。そんな桃源郷《とうげんきょう》みたいな場所が存在するなら、たとえ住むことができなくたって行ってみたい。

けれど、同僚は首を横に振った。

「残念ながら一般人は行けないの。噂では境界になってるところも厳重にセキュリティが張られてて、中には一歩も入れないとか」

「じゃあ、世間とは遮断されてるってこと？　仕事はどうするの？」

「住民の出入りは自由だから、外に職場を持ってる人もいるみたい。でも、みんな一生遊んで暮らせる資産があるからね。わざわざ不便な外部に行く理由もないし、ほとんどの人は地域の中で趣味程度に働いてるんだとか。陸の孤島の逆バージョンっていうか、一種の経済圏ができてるわけ」

わたしは呆然《ぼうぜん》となりつつも、羨《うらや》ましさがいっそう募った。

だから、と同僚はつづけた。

「ガラパゴス的な進化をしてるんだって」

「ガラパゴス？」

「外との交流がないからさ、独自の進化を遂げてるらしくて。庶民の世界にはない、プレミアムな人のためのプレミアムなモノたちが、いろいろ生まれてるんだって」

# 7
# プレミアム地方

「それって、どんな!?」

気になって仕方がないこちらに対して、同僚は冷めた目になっている。

「さあ、詳しいことは分かんない」

「えぇっ!?」

「だって、わたしプレミアムな人じゃないんだもん。ていうか、本音を言うと、そもそもそんなの都市伝説じゃないかって思ってる。セレブに憧れてる人たちが勝手に作り上げた、妄想の世界っていうか。どこにあるのかだって知られてないし」

なんだか遠回しに自分が批難されているような気持ちになった。

「でも、ほんとにあるかもしれないじゃん！」

むくれて言うと、同僚は言った。

「そうだね、あるって思ってるほうが夢があるもんね」

からかうように同僚はつづける。

「いつか住める日が来るといいね、夢の世界に」

ますますむくれるこちらをよそに、彼女は去っていったのだった。

その日から、わたしはプレミアム地方のことで頭がいっぱいになり、暇さえあればそこでの暮らしを夢想した。

プレミアム地方の人たちは、どんなものを食べるのだろう。

なにせプレミアムなのだから、料理には高級食材をふんだんに使っているに違いない。トリュフ、キャビア、燕《つばめ》の巣。そんなものも当たり前に出てくるのだろう。

もしもわたしが住めるのならば、食事時にはリムジンを呼んで出かけたい。ある日は、夜景のきれいなビルにある最上階のレストランへ。また別の日は、石畳にほのかな灯《あか》りをともして佇《たたず》む料亭へ。料理の値段をいちいち気にすることなどない。気になったものを好きに食べるだけなのだ。

プレミアムな人たちは、どんな遊びをするのだろう。そんなことも考える。ゴルフやテニスで汗を流すのだろうか。いや、ビリヤードで静かに闘志を燃やしたり、あるいはカジノで派手に散財するのかもしれない。

海はあるのか。もしあるのなら、ヨットハーバーは必ず存在するはずだ。わたしはそこからクルーザーで海に出る。サングラス越しに島々の緑が目に映り、カモメがエサを求めて寄ってくる。その光景に目を細めつつ、シャンパングラスを傾ける――。

わたしは日夜、プレミアム地方にまつわる情報をつかむべく、ネットで調査しつづけた。けれど、転がっているのはすでに知っていることだったり、眉唾物《まゆつばもの》のものばかり。

ときどき、プレミアム地方の在住者を語るユーザーがいたりもした。でも、他のユーザーとのやり取りで、なりすましらしいと判明する。中にはムキになって主張をつづけている人もいたけれど、中傷コメントの応酬の末に急にアカウントが消えたりしていた。

ほかにも、プレミアム地方＝常世論《とこよろん》というのもあった。プレミアム地方はこの世のものではない異世界で、神の統治する天国だという説だ。

いや、常世ではない、宇宙人が住んでいる異次元の世界なのだ。そういうことを書いている人もいた。けれど、そういうオカルト的な説は途中で支離滅裂になっていることが多く、どうも信憑性《しんぴょうせい》に欠けていた。

そんなこともあり、ネット上ではプレミアム地方の存在を疑う声のほうが圧倒的に多かった。わたしは内心で反発しつつも、成果の得られない日々にどこか虚《むな》しさも感じはじめていた。

行けなくてもいい。せめてその片鱗《へんりん》にだけでも触れてみたい。そう願う気持ちは日増しに強くなっていった。

ネットで気になる言葉を見つけたのは、そんなある日のことだった。

いつものように携帯をいじっていると、あるサイトが検索に引っ掛かった。そこに書かれていた文字に、わたしの目は釘付《くぎづ》けになった。

《プレミアム地方へ寄付をする》

改めて見ると、それはふるさと納税のサイトだった。

咄嗟《とっさ》に、ふるさと納税についての記憶をたどる。たしか、応援したい地域などに寄付をすると、税金面で優遇されたり、地域から返礼品をもらえたりする制度だったはずだ。

そしてさらにページを進んでみると、なんとそのサイトではプレミアム地方へのふるさと納税を募っていることが判明した。

わたしは飛び上がるような思いだった。ついにプレミアム地方との接点をつかんだのだ！

サイトには、こんなことが書かれていた。

《お礼として、プレミアム地方の特産品をお贈りします》

わたしはますます興奮した。単に接点ができるだけではない。憧れの地域のモノを手に入れられるというのだから。

どんなものが貰《もら》えるのだろうと期待しながら、わたしは画面をスクロールした。けれど、そこには黒い背景に白抜きで「？」と描かれたイラストが掲載されているだけだった。

《お礼の品の内容は、お手元に届くまでのお楽しみです。内容に関するお問い合わせ

は受け付けておりませんので、ご了承ください》
ほかの地方のサイトを見ると、どこも返礼品についての記載はきちんとある。なるほど、簡単に情報を開示する気はないのだなと改まる。
しかも、寄付の受付金額がほかとはまったく違っていた。最低額が十万円。そして一番高いものになると一目では桁が分からないほどの額になっていた。
どこまでも一筋縄ではいかないな……。
けれど、わたしの覚悟はとっくの昔に決まっていた。恋い焦がれたプレミアム地方に触れることができるのだ。どうせ手がかりはほかにない。いま寄付しないで、いつするというのだろう。
躊躇《ちゅうちょ》なく「寄付する」というボタンをタップすると、希望する寄付の使い道を選べるようになっていた。
《プレミアムな町づくりプロジェクト》
《プレミアムなジュニア育成プロジェクト》
《プレミアムな介護プロジェクト》
《プレミアム地方にお任せする》

その中から、わたしは町づくりプロジェクトをタップした。自分がプレミアムな人たちの生活に役立てると考えるだけで胸が高鳴る。

受付完了のページが出ると、返礼品に思いを馳せた。

プレミアム地方の特産品とは、いったいどんなものだろう。

A5ランクの霜降り肉の塊か。カニやウニの詰め合わせか。はたまた地元の高級ワインか。

期待に胸を膨らませ、その到着を待ち望んだ。

しばらくのあいだは郵便が届くたびに失望する日がつづいたけれど、一か月ほどが経ったある日、チャイムが鳴ってインターホンから声が聞こえた。

「このたびは誠にありがとうございます。プレミアム地方からのお届け物でございます」

モニターに映っていたのは、いつもの配達人ではなかった。執事のような格好をした男性が丁寧にお辞儀をしながら立っていた。

男性は玄関先で大きな箱を下ろしてしまうと、風のように去っていった。

わたしは箱に目をやった。もう、それからして高級感に溢《あふ》れていた。上品な黒い光沢にウキウキしてくる。この空き箱もちゃんときれいに取っておいて、後で何かに使わないと。そんなことを思わされる。

気を落ち着けるために深呼吸を繰り返したあと、リビングで箱を開封した。どんな贅沢の極みを尽くしたものが出てくるのか――。

ところが、最初に目に入ったのは見覚えのあるものだった。

「これって、豆苗《とうみょう》……？」

予想外の品物に、ひとり声をあげてしまった。そして何度目をこすっても、それはパックされた豆苗以外の何物でもなかった。

と、すぐ下に、質の良さそうな和紙でできた説明書きが入っていた。

《プレミアム地方で作られている、プレミアムな味の豆苗です。一度しか生えない優れものです》

味のことはいいにしても、一度しか生えないというのはどういうことか……。

よく分からないまま、わたしはそれをいったん床の上に置いておき、また箱の中に目を落とす。

次に出てきたのは美しい包装紙に包まれたガムだった。また同じような説明書きがついていたが、もはや我慢できずに紙を破いてガムを口へと放り込んだ。

ひと嚙《か》みしたその瞬間、わたしは声を失った。

これまで食べてきたガムなどとは、比較にならない味だった。ぱぁっと花が咲いたように高貴な香りが広がって、鼻を通って抜けていく。その花の蜜のように、控えめながらも濃厚な甘みが舌に沁《し》みる。恍惚感《こうこつかん》で気が遠くなりそうだった。

ところが、もう一度味わおうとして再びガムを嚙んでみて、おや、と思った。その違和感は三度、四度と嚙めば嚙むほど大きくなった。

やがてわたしは気がついた。ガムの味が、まったくしなくなっているということに。そして、説明書きの言葉を思いだした。そこにはたしか「一度しか味わえないガム」と書かれていた。

わたしは味のしないガムを捨てると、箱の中をなおも漁《あさ》った。

《プレミアム地方で作られている、プレミアムな香りのお香です。燃え尽きるまで一秒です》
《このお茶は一度切りしか使えません。二番煎じはお控えください》
《このタオルは一回限りですべての毛が抜け落ちます》

ははあ、プレミアムとはそういうことかと理解した。

## 7
## プレミアム地方

ガムやお香は、庶民ならば長く味わいつづけられることに価値を見出《みいだ》す。ほかのものも、使い回しや節約をしたがったりするのが一般的な感覚だろう。

プレミアム地方の特産品は、そうした庶民の「もったいない」を顧《かえり》みず、一度切りのひと時の体験にすべての価値を凝縮させたものなのだなと腑《ふ》に落ちた。

豆苗も、普通は水に浸《つ》けて何度も生やして料理に使ったりする。けれどプレミアムな豆苗は、きっとその一度切りの芽吹きに極上の味が詰め込まれているのだろう。

これがプレミアムな人たちの生活なのかと、わたしはなんだか背徳感に駆られてぞくぞくした。

しかし同時に、こうも思った。一度しか使えないなんて、どんどんプレミアム地方とのつながりを断たれていくようで虚しくもある。

この先、自分がプレミアム地方に移住できる可能性が低いのならば、いっそこの返礼品は観賞用にとっておくのもアリなのかもしれないな……。

そう考えて、とりあえず箱ごとクローゼットにしまっておこうとしたときだった。

咄嗟に、あっと声をあげた。

箱の底がいきなり抜けて、つづけて箱全体もバラバラと崩れ落ちてしまったのだ。

わたしは使い道に思いを馳せて浮かれていた自分を恥じた。

なるほど、プレミアムな人たちは、箱の使い回しさえもしないのだ。

# 新入社員

# 8

「ユーモア」とは、「湿気」「体液」を意味するラテン語「フモール」に由来しています。

新入社員が私の部署に配属された。中途採用で、いつもニコニコしているやつだ。

私は、そいつが仕事に慣れるまでの指導係を任された。しかしそいつは、じつに厄介なやつだった。

仕事がまったくできないのだ。

そもそも、うちの会社で求められるスキルを、何ひとつとして身につけていなかった。聞くと、前の会社では、まったくの畑違いの仕事をしていたのだという。

中途採用で力のない者をとるなんて、聞いたことがない。今年の人事は、いったい何をやっているんだ。

コネ入社だろうかとも勘繰《かんぐ》ったが、どうも違う様子だった。よほど人を惹《ひ》きつけるものがあったのだろうか。

それにしても、ただでさえ忙しいのに、なんで自分が素人《しろうと》のお守り役を引き受けないといけないんだ……。

私はぶつくさ言いながらも我慢して、粘り強く指導した。

けれど、その粘りが報われることはなかった。いくら教えても、そいつのスキルはまったく向上しなかったのだ。だんだんイライラが募ってきて、思いきり叱りつけてやりたい衝動にもしばしば駆られた。しかし、愛嬌《あいきょう》だけはあるやつなので、いざそいつを前にすると調子を外され下手に怒ることができなかった。

「まあ、少しずつ覚えていったらいいからさ」

気がつけば、つい優しい言葉でフォローしている自分がいるのだった。

そして、事態は悪い方向へと転がっていく。

仕事ができないだけなら、まだよかった。困ったことに、やがてそいつは人の仕事を邪魔しはじめたのだ。

たとえば、私がデスクで書類を作成しはじめる。するとそいつは、タイミングを見計らったかのように近づいてきて、話しかけてくる。私はそのたびに仕事を中断せざるを得なくなる。

最初こそ、適当にあしらっていた。周りの雑音に惑わされず己の仕事を完遂するのが、プロというものだろう。

しかし、あまりにもしつこいので、つい一度、話に耳を傾けてしまった。

これがいけなかった。

話をよく聞いてみると、あろうことか、おもしろかったのだ。内容は大したことなく、すぐに何かに役立つようなものでもなかった。それなのに、どんどん話に引きこまれる。変わった友人のエピソード、旅行先での思い出話、流行《はや》りのジョーク。ブラックなものからユーモラスなものまで、世代間の隔たりもなく、そいつは幅広いネタを次々と繰りだし楽しませる。

しかし、と、私は不意に正気になる。いったい何をやっているのかと。飲み会でのことならばともかくも、ここは飲み屋ではなく会社なのだ。

「ほらほら、おしゃべりの時間は終わりだ。早く自分の仕事に戻りなさい」

そいつを席に追い返し、私も慌てて仕事に戻った。

が、しばらくすると、そいつは再び私に声をかけてきた。無視しようとしたものの、先ほどの楽しさがよみがえってきて少し耳を傾ける。ついつい惹かれ、どんどん夢中になっていく――。

この悪循環は、程なくして日常の出来事としてすっかり定着してしまった。

仕事は遅々として進まずに、私の悩みの種になった。

「これは良くない、良くないぞ……何とかしないと」

そんなことを思っていると、もうそばにそいつが来ている。

「なんだ、びっくりしたなぁ……」

そう呟《つぶや》いた瞬間には、すでに口を開いている。耳を傾けると、この日は今シーズンのプロ野球の順位予想について話しはじめた。

普通なら、雑談はやめろと一蹴してしまうだろう。それに、先の分からないことを延々と議論するなど、愚の骨頂だ。そんな時間があるのなら、もっと生産的なことに貴重な時間を使うべきだ。

と、普段ならばそんなことを言うのだろうが、困ったことに、私は野球だけには目がないたぐいの人間なのだ。順位予想を肴《さかな》にすれば、いつまでだってうまい酒を飲みつづけられる。

そんな私が、話に身を乗りださないはずがないではないか。しかもそいつは良いタイミングで意見を求めてきたりもし、話はどんどん弾んでいった。

ある選手のマニアックなモノマネに腹をよじって笑い転げ、私は椅子に身体《からだ》をぶつけた。そのときになって、ようやくハッと我に返った。

「こんなことをしている場合じゃなかった！　仕事だ、仕事！」

私は、そいつの首根っこをつかんで席まで追いやる。きちんと座らせ、自分のデスクに慌てて戻る。

が、腰を落ち着けたその直後、私は声をかけられる。振り返って、ぎょっとする。せっかく苦労して座らせたのに、そいつがもうやってきていた。そして、こちらが怒るよりも早くしゃべりはじめる。

今度は、芸能人の色恋沙汰《ざた》の話だった。

他人の恋愛なんて、どうでもいいよ。

そう思いながらも、一応、耳を傾ける。それはテレビでよく見る女優のことで、好印象を持っていた分、自《おの》ずと野次馬《やじうま》根性をくすぐられる。

彼女がまさか……でも、たしかに信憑性《しんぴょうせい》は高そうだ。いやいや、実際、ありうる話ではなかろうか。

すっかり夢中になってしまって、気がつくと陽《ひ》が傾いていた。私は、またしても術中にはまってしまったのだった。

こんなことでは埒《らち》があかない……。

あるとき私は意を決し、初めてそいつに強く言った。

「重要な仕事をしてるんだ。絶対に話しかけないでくれ」

すると意外にも、そいつはすまなさそうな顔を見せ、すぐに頭を下げて非を詫《わ》びた。自分の間違いを素直に認められるとは、好感の持てる良いやつだな。私は清々《すがすが》しい気持ちに包まれながら仕事にかかった。

効果はすぐに現れた。その日から、そいつに話しかけられる頻度が減ったのだ。いや、もはや近寄ってくることすらなくなって、遅れていた仕事もウソのように捗《はかど》った。

しかし、しばらくするとだんだん物足りなさを感じてきた。一切話しかけてこないとなると、それはそれでなんだか寂しい。声が恋しくなってそわそわし、仕事の効率も落ちてきた。

私は席に近寄って、思わず言った。

「おい、なにも会話をゼロにしろと言ってるわけじゃないんだぞ」

そう言ってはみたものの、そいつの態度にはまだ遠慮が見え隠れしていた。時たまこちらの様子を窺《うかが》っているにもかかわらず、結局こちらにはやってこず、ほかのやつとばかり話しているのだ。楽しそうに談笑する姿が横目に映ると、気になってしょうがなかった。

「おい、なにを遠慮してるんだ。もっとおれに話しかけてこいよ！　仕事ならなんとかなるさ。楽しくいこうじゃないかっ」

私が言うと、そいつはパッと笑顔になった。

談笑の日々が再開する。

ある日、私は上司に呼ばれ、仕事の進捗《しんちょく》具合のことで怒られた。

「ちゃんとやってくれないと困るじゃないか」

私は、俄《にわ》かに目を覚ました。非があるのは自分じゃない。あいつこそが原因なのだ。

ついに私は、その怠惰な勤務態度を上司に洗いざらい打ちあけた。

「仕事をしないで、しゃべってばかりいるんです。人の仕事まで邪魔してきます。どうにかしてくださいよ」

だが、まったく聞き入れてもらえなかった。

「あんな良いやつは、そうはいないよ。そんなことより、自分の仕事に励みなさい」

得意の弁術をもってしてして、すでに上司に気に入られているのだ。

私はしぶしぶ席につき、仕事にかかる。その矢先、どこからともなくそいつがすり寄ってきて、話しかけてくる。笑わされ、楽しくなり、仕事のことなどどうでもよくなる。時間だけが過ぎていく。

やっと解放され、仕事に戻る。が、笑った余韻で思うように集中できない。

パソコンの画面を眺めていると、笑い声が聞こえてくる。見回すと、あいつが上司と談笑している。

楽しそうだなぁ……。

ダメだ、ダメだ。いまが仕事を進めるチャンスじゃないか。

でもまあ、いいか、ちょっとくらい……。

私も輪に加えてもらい、上司を囲んでしゃべりはじめる。

「いや、さっきはすまなかった。案外きみも話せるやつだな」

私も上司に気に入られ、それ以来、仕事の遅れをとやかく言われることもなくなった。

そいつが仲介してくれたおかげといえるだろう。今度、飯でもおごってやろう。

## 8
## 新入社員

楽しい日々が過ぎていく。

そのうち、そいつが席を外す頻度が増えてきた。フロアを見渡しても見当たらず、いったいどこに行っているのだろうと首を傾《かし》げた。

あるとき後をつけてみると、どうやらほかの部署に出入りして、いろいろな人としゃべっていることが判明した。

交友関係を広げるのは、ビジネスパーソンとして素晴らしいことだ。しかし、私としては話し相手がいなくなると寂しくなる。

だからといって、無理に行くなとは言えやしない。気分を害され会社を辞められでもしたら、寂しいどころでは済まなくなる。

葛藤《かっとう》の末、私は良い解決策を思いついた。

こういうときは、自分から動くことこそ重要なのだ。私は、積極的に自分から新しい話し相手を求めるようになっていく。

はじめは自分に自信がなかった。もともと、話が上手なほうではなかったからだ。

けれど、すぐに要領がつかめてきた。あいつのおかげで、気づかぬうちに私も興味をそそるおもしろい話ができるようになっていたのだ。

誇張の仕方。間のとり方。ユーモアセンス。

私が声をかけると相手は仕事をする手を止めて、必ずこちらの話に聞き入ってくれる。

狙って笑いをとれるようになり、話術で人の感情を操れるようになっていった。

私は、すっかり会社にいる時間が楽しくなった。以前は仕事に追われ、どこか殺伐とした時間を過ごしていた。それがこんなに変わるだなんて、これもすべて、あいつのおかげだと感謝した。

仕事をする時間は減っていったが、一向に気にはならなかった。おしゃべりし、楽しむことが先決だ。

その空気は周囲にも伝播《でんぱ》していき、しばらくすると、社内は人々の談笑で溢《あふ》れるようになっていった。みんなが、人を引きこむ魅力あるトークに長《た》けてきたのだ。

社長までもがそうだった。苦痛でしかなかった朝礼の挨拶《あいさつ》は、いまやおもしろくて仕方がなく、眠る暇など皆無だった。もっとも、楽しいだけで頭には何も残らない。

会社の業績が傾きだしても、雑談に夢中で誰も気にする者はいなかった。程なくして、会社はあっけなく倒産した。

ある朝、社長は社員を集め、その旨をおもしろおかしく話してみせた。

みんな動じることはなく、それをネタにすぐさまおしゃべりを開始した。私も社長の身振り手振りの真似《まね》をして、エセ漫才を隣のやつに披露する。あちらこちらで笑い声が絶え間ない。

やがて社員たちは再会を誓い、新しい明日へと向かって別れた。

最終出社日、私が荷物をまとめていると、部下のあいつと出くわした。

「おお、元気にしてるか？　これからどうするんだ？」

尋ねると、そいつはすでに新しい職場を見つけているのだと言った。何でも、次で六度目の転職らしい。私は転職の先輩としてのアドバイスをもらい、励ましの言葉をかけてもらう。ふつふつと、やる気が満ちる。

翌日から、私もさっそく職場探しに着手した。

仕事内容は何でもよく、待遇などもどうでもよかった。社員同士が楽しく語らえる場。それさえあれば十分ではないか。それに、もし環境が良くないならば、自分で変えればいいだけのことなのだ。その方法は、すでにあいつに教わっている。

まずは面接からはじめなければならないが、どうってことはないだろう。そのための技量はすでに身についているのだし、愛嬌と話術、これさえあればどこでだって通用するに違いないのだ。

# 9 赤ちゃんエクスプレス

コウノトリが赤ちゃんを運ぶという考え方は、中世のドイツやノルウェーで確立されたといわれています。

「か、かわいいーっ！」

病院の個室で、思わず叫び声が漏れた。

細く閉じられた目、頭に生えた産毛、握りしめた小さな手。同世代の友達が初めて産んだ赤ちゃんに、ひたすら母性をくすぐられる。

恐る恐る抱っこをして、不器用に左右に揺らしてみる。泣きだす前にと友達に返すと、わたしは出産祝いを彼女に手渡す。

「えーっ！　ありがとーっ！」

笑顔を咲かせる彼女の姿はどこか聖母のようでもあり、本当におめでたいなぁと思わされる。

と、そんな中、ふと会話が途切れたとき、友達はぽつりとこんなことを口にした。

「でも、ほんと、登録してよかったなぁ……」

「登録？」

「そう、赤ちゃんエクスプレス」

「う……ん？」

初めて耳にする言葉に、わたしは首を傾けた。ベビー用品店のことだろうか。そう思いつつ、素直に聞いてみることにした。

「それって、なに？」

「えっ」

彼女は驚きを隠さずに声をあげた。

「知らないの？」

「赤ちゃん……なんだっけ？」

「エクスプレス」

「知らないけど……」

「えぇっ！」

友達は目を丸くしながら呟《つぶや》いた。

「それじゃあ、もしそのときが来たら、コウノトリが、ってことなんだねぇ……」

ただ、そう言ったあと、彼女はすぐに言い添えた。

「でも、考え方は人それぞれだし、夫婦の間でも意見が分かれたりすることだから、わたしがどうこういう話じゃないよね。ごめん、変な話して。いまのは忘れて」

それで友達は話を打ち切ろうとした。

けれど、そんなことを言われて忘れられようはずがない。

「ちょっと、教えてよ！　何の話なの？」

わたしは彼女に食い下がり、説明を求めた。

「そもそも、コウノトリっていうのは何のこと？」

友達はしばらく迷うそぶりを見せていた。が、やがて赤ちゃんをベビーベッドに移してから口を開いた。

「ほら、昔から、赤ちゃんはコウノトリが運んでくるものだって言うじゃない？」

戸惑いながらも頷《うなず》くと、彼女はつづけた。

「それのこと」

咀嚼《そしゃく》するために一拍置いて、わたしは尋ねる。

「えっと、空想上のお話が、なんでいきなり出てきたの？」

「空想？　えっ、ウソ……」

そっか、そこからなのか、と彼女は言った。

「えっとね。いい？　あの言葉は空想なんかじゃなくてさ。昔から、赤ちゃんはコウノトリが運んでくるものだって決まってるの。学校とかで習わなかった？」

何の冗談かと曖昧《あいまい》に笑ってみた。けれど、友達の目は真剣で、わたしは答えざるを得なかった。

「習った覚えは、ないね……」

「そうなんだ……」

友達は同情の色を目に浮かべつつ、なら仕方ないね、とつづけて言った。

「そういうことなら、いまがその機会ってことだよね。それじゃあ、分かった。わたしが責任を持って教えてあげる」

そして少し頭を整理する様子を見せ、彼女は言った。

「まず、あのコウノトリが赤ちゃんを運ぶって話。あれ自体は、じつは大げさな表現で。実際には、コウノトリは夫婦のところに知らせを運んできてくれるだけなの。おめでとうって書かれた紙が入った小箱を届けてくれて。それを受け取った瞬間に、赤ちゃんがお腹の中に宿るわけ」

わたしはこう言わざるを得なかった。

「ねぇ……それって本気？」

「本気も本気。ただ」

「ただ？」

「ずっとつづいてきた伝統的なことなんだけど、ここ何年かでそれを不安視する声が出はじめたの」

――間違えて届けたりするんじゃないか。

――鳥の病気が流行《はや》っているのに、衛生的に問題はないのか。

――途中で落としたりしないのか。

「そんな中、こういう苦情が爆発的に多くなって」

――不在で受け取れなかったら、どうしてくれるのか。

「コウノトリが家庭に知らせを運んでくるのは、昼間だけなの。うちもそうだけど、いまって夫婦共働きのところが多いじゃない？　だから、お休みの日に来る分にはまだいいんだけど、平日の昼間に来られても、家に誰もいなくて受け取ることができないでしょ？　でも、だからって、いつ来るか分からないコウノトリを待つためだけに、ずっと休暇を取って家にいるわけにもいかないじゃない。これまでは、なんとか夫婦で交代しながら家にいる日をなるべく増やす。それくらいしか解決策がなかったわけ。そりゃ、出生率も下がるよね。

で、そんな要望を汲《く》みとって新しく生まれたのが、赤ちゃんエクスプレスなの」

友達は言った。

おめでた界に革新を――。

そんな謳《うた》い文句である団体がはじめたのが、赤ちゃんエクスプレスというサービスだった。コウノトリのような旧時代的な慣習は、一刻も早く刷新せねば。我々は、イノベーテイブなおめでたを人々に提供していくのだ。

団体の詳細は、一切が謎に包まれている。けれど、それがかえって神秘的な雰囲気をまとわせるのだろう。夫婦やカップルの間で、瞬く間にその存在が知れ渡った。

「それって、どうやって登録するの……？」

「WEBサイトがあって、そこに登録さえしておけば、自分はそのサービスを選ぶっていう立場表明になるの。独身でも、若くても、歳をとってても、登録だけなら誰でもできて。

でも、登録したからって、絶対に赤ちゃんを授かれるわけじゃない。そのへんは、あくまで自然の摂理に忠実でね。赤ちゃんエクスプレスの役割は、コウノトリの代わりにお知らせの小箱を運ぶことだけ。だから、いつやってくるかは分からないの。中には予兆を感じる人もいるらしいけど、突然なことがほとんどね」

「……だったら、やっぱりそのお知らせを受け取れない人が多いんじゃないの？」

わたしは素直な疑問をぶつけてみる。運ぶ役目がコウノトリじゃなくなっただけで、本質的にはコウノトリの場合と同じじゃないか。そう思ったのだった。

すると、友達は「うん」と軽く頷いたあとにこう言った。

「たしかに、そこはあんまり変わらないね」

でも、と、彼女は言った。

「決定的に違うのが、最初に来てくれたときにたとえ家にいなくても、ちゃんとポストに不在票を入れてくれるってところなの」

「不在票!?」

わたしは思わず声をあげる。

「だから受け取れなくても、改めて時間を指定して再配達をお願いすればいいだけで。忙しい夫婦にとって、こんなにうれしいことはないでしょ？　再配達のときに受け取り場所を選んでおけば、コンビニで受け取ることだってできちゃうの。こんなの絶対、コウノトリには無理だよね」

たしかに現代的だなぁと、わたしは唸《うな》る。

「ちなみにうちは、マンションの下の宅配ボックスにそのお知らせが入ってた」

何だろうと小箱を開けると、おめでとうと書かれた紙が入っていた。それで何が起こったのかを理解して、すぐに夫へ電話をした。

本当に登録しておいてよかったなぁ……。

友達は幸せそうに口にした。

わたしは、まだまだ狐《きつね》につままれたような気分でいた。けれど、友達のその表情を見ていると、これ以上追及するのも野暮《やぼ》だなぁと思わされた。

長居も彼女に悪いことだしと、赤ちゃんの顔をもう一回眺めたあと、わたしはそろそろこの場を辞去することにした。

「……それじゃあ、また会おうね。母子ともに、元気でね」

そう言って、病院を後にしたのだった。


自宅に帰ると、わたしはなんだか寂しくなった。

自分のほかに誰もいない、一人暮らしの狭い家。パートナーはもう何年もいなければ、できる気配もまったくない。

いや、パートナーはいるにはいた。二年ほど前から飼いはじめた猫が一匹。

わたしはその猫を撫《な》でながら、友達の幸せそうな顔を思い起こす。

赤ちゃんエクスプレス——。

「わたしも登録してみようかなぁ」

猫に向かって話しかけ、ＷＥＢサイトを検索してみる。検索結果の一番上にサイトが現れ、タップするとページに飛んで、友達から聞いたとおりの内容が書かれていた。

何度かタップを繰り返すうちに、やがてサービスに登録するための入力フォームにたどりついた。なんとなく、わたしはそのまま名前や年齢、住所などを入れ、ボタンを押した。送信完了の画面に変わると、サイトを閉じて一息ついた。

「いつかわたしも、親になる日が来るのかなぁ」

呟く声を聞いているのかいないのか、猫は甘える声を出した。

状況が一変したのは、友達の話を忘れかけたころだった。

ある日、仕事を終えて帰宅すると、ポストに不在票が入っていた。

なんだろうと差出人のところに目をやってみて、心臓が飛びだしそうになってしまった。

赤ちゃんエクスプレス。

そこにはたしかに、そう書かれていたのだった。

わたしはすぐさま、翌日の夜の再配達を依頼した。その間にも、いろいろなことが頭をよぎる。

まさか自分が子を授かったということだろうか？

だけど、だ。身に覚えはまったくない。

いったいこれはどういうことか……。

次の日は仕事が手につかず、早めに切り上げ家でじっと荷物を待った。やがて指定の時間帯にチャイムが鳴ると、わたしはそれを受け取った。

破かんばかりに急いで小箱をこじあける。と、「おめでとうございます」と書かれた紙が中から出てきた。それはまさに、聞いていた通りのお知らせの紙に違いなかった。

と、その瞬間、ある人物がわたしの頭をよぎっていた。

聖母マリア——。

受胎告知を受けたその人物は、不義なく神の子を身籠《みごも》った。

まさか自分も、聖母と同じような状況に……？

もしそうならば、とんでもないことじゃないか……！

まずは検査をしてみなければ。そう思い、めまいがするまま何とか病院を予約した。

検査日までは仕事も休んだ。そしてわたしは、その日を迎えた。

ところが当日、わたしは医師からこう告げられた。

「妊娠の可能性はなさそうですね」

安堵《あんど》しつつも、混乱はさらに深まった。

それじゃあ、あの届けものはなんだったのか。

赤ちゃんエクスプレス側が、送り先を間違えたのか。はたまた、前の住人宛に送られたものだったのか……。

考えてみるもそれ以上は浮かんでこず、もやもやした日々を過ごした。

けれど、数週間ほど経《た》ったある日。わたしはふと、ひとつの異変に気がついた。

愛猫《あいびょう》のお腹が膨れているように見えたのだ。

まさかと思いつつ、さらに数日、観察してみた。猫のお腹は日に日に大きくなっていき、もはや何かがそこに宿っているのは明らかだった。

わたしは赤ちゃんエクスプレスに登録したときのことを思いだす。たしかあのとき、飼っているペットの情報も入力した覚えがある。

ということは……おめでたなのは、うちの猫？

そう考えた瞬間、戦慄《せんりつ》が走った。

なぜならば——。

わたしよりいっそう、いや絶対に、そんなことがあるはずがないのだ。うちの猫は生後間もないころ、たしかに避妊手術を受けているのだから！


それでもわたしを追いこむように、猫のお腹は日ごとに大きくなっていく。

わたしはひとり、頭を抱える。

聖なる母は、人間に限った存在ではないのだろうか。

この猫から出てくるのは、いったい……。

いくら悩んでみたところで、答えは見つからないままだ。


近ごろでは猫のお腹は、神々しく光りはじめてさえいる。

# 10 黒い犬

現実とバーチャルの世界は、
いつかつながる日が
訪れるかもしれません。
その兆しはすでに、
いたるところで現れています。

「完成だ……」

男はそう呟《つぶや》いた。部屋のカーテンは閉め切られ、照明も落とされている。パソコンだけが光源になり、暗闇の中に男の笑みを照らしだす。

男は大きく開いた目で画面に見入っている。そこには大量の文字列が並んでいて、意味を読み取ることは難しかった。しかし、男は隅々まで熟知していた。それは男が組み上げたあるプログラムだった。

「これさえあれば……」

世間を混乱の底に叩《たた》き落とすことができる。

男は頭に思い浮かべる。人々がパニックに陥る光景を。

男が開発したものは悪意に満ちたものだった。プログラムを実行するとコンピューターネットワーク上の様々なセキュリティゲートを突破でき、その向こうの情報を自在に操作できるのである。

エンターキーを静かに叩くと〝実行中〟と表示が出る。しばらくプログラムを走らせると〝完了〟と現れて、画面に英数字が表示される。

男はそれを記憶してキーを叩き、あるサイトを立ち上げた。それはネット銀行のものだった。ページを進むとパスワードの入力欄が現れる。そこにいましがた記憶した英数字を打ちこむと、すんなりサイトへログインできた。プログラムによって手に入れたのは、この銀行口座のパスワードだった。

振込ボタンを選択し、ある口座に振り込むように指示を出す。それは男の架空口座で、足がつかないように何重もの予防線が張られている。

こうして男は、ものの数分で大金を盗みだすことに成功した。その表情には、満足そうな笑みが浮かんでいた。

男は幼いころから孤独だった。

両親は早くに亡くなり、引き取られた先の親戚一家では、まるで奉公人のような扱いを受けた。学校ではその家庭背景が歪《ゆが》んで伝わり、何か不浄なものでも扱うかのように接せられた。周囲の誰からも相手にされず、いつもひとり切りで時間を過ごした。

そんな男に、唯一、友と呼べる存在ができたのは小学四年生のとき。それは、近所に住みつく野犬だった。

犬は草の生い茂る空地をねぐらにしていて、人が近寄るだけでひどく吠《ほ》えた。その黒い容姿も不吉な印象を周囲に与え、近隣からは忌《い》み嫌われていた。

しかし男は、その犬を知ったときから強い親近感を覚えていた。犬の姿に、どこか自分と重なるところを感じたのだ。犬も不思議と男にだけは吠えることなく、近寄らせるどころか撫《な》でることさえ許容した。二人は打ち解け、種族を超えた無二の友となったのだった。

男は犬にクロと名づけ、クロ、クロ、と給食の残りを持ち帰っては分け与えるようになった。夜になるとクロはときどき遠吠えをあげ、近所の人の睡眠を妨げた。が、男にとって、それは自分を呼ぶ声にしか聞こえなかった。そんな夜、男は眠れず、朝になると空地へ向けて急いで走った。

男は世界中で、クロだけが自分を認識してくれていると思っていた。自分だけが、クロのことを分かってやれると思っていた。傷を舐《な》め合うように、二人は寄り添い日々を生きた。

ところが、ある日を境にクロの姿は空地から消えた。何日経《た》っても戻ってくることはなく、やがて空地には住宅建設の看板が立てられた。草も刈られ、程なくして基礎工事がはじまった。

しばらく経って、男は同級生から嘲《あざけ》る口調で告げられた。

「お前のあの犬、保健所に連れて行かれたんだってなぁ」

一瞬頭が真っ白になった直後、反射的に相手へ殴りかかっていた。が、周りの人間からすぐに羽交い締めにされ、逆に集団で殴られ蹴られた。廊下でうずくまる男へ次に声をかけたのは担任の教師で、早く教室に入るようにとだけ言って去った。男は再び、ひとりとなった。

中学校を卒業すると、親戚の家を出た。コンビニ店員や警備員のバイトをしながら、細々と生活をはじめた。

転機は、寝泊まりしていたインターネットカフェで訪れた。たまたま見かけたプログラミングについて語り合う掲示板に興味を引かれ、自分でプログラムをいじるようになったのだ。そしてそれに魅了されるまでに、そう時間はかからなかった。

この世界なら、自分の腕次第で好きなものを好きに築きあげることができる。誰に気兼ねすることもなく、誰に邪魔されることもなく――。

やがてアパート暮らしをはじめると、男はなけなしの貯金をはたいて自分のパソコンを購入した。プログラミングの教材は、ネット上に無数に転がっていた。それらを模倣し、組み合わせ、独自でスキルを習得した。仕事を請け負えるレベルになると、バイトをやめて引きこもり、ますますプログラムの世界に没頭した。

もともと才能に恵まれていたのだろう。そのうち男は高度なプログラムも易々《やすやす》と組めるようになり、多くの仕事が舞いこむようになった。

しかし男は、そのすべてを請け負ったわけではなかった。懐に余裕が出てくると、仕事を選ぶようになったのだ。

悪意が見え隠れするたぐいのもの。誰かを傷つけられそうなもの。犯罪と紙一重のもの。犯罪そのもの。そういった仕事を積極的に選択した。

これは世の中への報復だ。男はそう思いながら仕事に励んだ。

そして裏の仕事をこなすうち、男の技術はその筋における屈指のものとなっていった。それでもとどまることなく力を蓄え、ついに神懸《がか》りと呼べる域にまで到達した。その技術を結集して生みだしたのが、あらゆるセキュリティゲートを突破できる代物だった。

男はその文字列の集合体に、バーチャル上でひとつの形を持たせることにした。

黒い犬。

男は、幼いころに殺処分されたあの犬を模した姿を、自らのプログラムに与えたのだ。

クロと名づけたそのプログラムを従えて、男はクラッキング――コンピューターネットワーク上での様々な不正行為を行いつづけた。

クロはバーチャル空間を縦横無尽に駆け抜けた。

銀行の中に忍びこみ、暗証番号を男の元へと持ち帰った。企業のサイトに入りこみ、文章の改竄《かいざん》を行った。WEBサービスの個人情報を手に入れて、アカウントを乗っ取った。

事態が大きくなるにつれ、否《いや》が応《おう》でも世間もその存在に気がつきはじめる。

警察は市民へ警戒を呼びかけて、対策本部を設置した。ＩＴ企業は総力をあげてセキュリティ強化へと乗りだした。

時を同じくして、ネット上ではこんな書きこみが増えはじめた。

――犬のようなものを目撃した――

それは被害に遭った者たちによる声だった。

彼らはこう主張した。

被害を受けたその当日。パソコンや携帯電話の画面上を黒い犬が横切ったのを目撃した。その直後、不正行為が行われたようである。

目撃談は相次いで、犬と事件に関連性を見出《みいだ》す声は日に日に高まっていった。そしてメディアが被害をもたらすそれに〝黒い犬〟と名前をつけ、人々はいっそう犬の影に恐怖するようになった。

世の混乱ぶりは、男の気分を高揚させた。それと共に、忠実に仕事をこなしてくれるクロへの愛情も増していった。

「クロ、一緒にあいつらを見返してやろうな」

愛《いと》おしそうに、画面に呟く。

男はセキュリティが強化されるに応じ、クロをアップデートしていった。そのたびに、またセキュリティが強化され、イタチごっこの形となる。

それでも常に、男の腕が一歩先を進んでいた。そしてその対象は国を超え、クロは世界を相手にしはじめる。

とある国際機関のＷＥＢサイトは、あるとき開くと画面いっぱいに文字が散らかっていて、何かに荒らされた形跡が残されていた。

某国政府は、噛《か》み跡だらけのボロボロのページの復旧作業を迫られた。

ある国の軍事システムは至るところが犬の排泄物《はいせつぶつ》にまみれていて、クリーンアップをするためにシステムを一時停止せざるを得なかった。

「クロ、この慌てぶりを見てみろよ」

男の嘲笑が闇に包まれた部屋に浮かぶ。そしてまた、攻撃先の品定めを開始する。

「これは国際的なサイバーテロだ」

事態を重く見た各国のサイバー攻撃対策部隊は立ち上がり、手を取り合って動きはじめた。

黒い犬の被害に遭った現場には、犬の足跡や独特の獣臭が残されていた。対策部隊は、それを手がかりに捜査を進めた。

その努力が結ばれて、やがてくだんの犬の犬種が推定された。被害をもたらしていたのは一頭のシェパードと思われた。現場に落ちていた抜け毛なども、それを裏付ける証拠となった。

そして同じく現場から採取した唾液《だえき》から、対策部隊はＤＮＡ鑑定を行った。すると、そのシェパードが日本由来の犬の血縁に当たる可能性が高いことが判明した。その結果は、犬が経由してきたであろう無数のサーバーをたどった先、犯人が住んでいるはずの候補国とも符合した。

犯人は日本にいる。

だが、捜査はそこで暗礁に乗り上げた。それ以上の手掛かりが、なかなかつかめなかったのだ。

対策部隊は唇を噛んだ。ぐずぐずしているこの間にも、黒い犬は手を緩めることなく攻撃をつづけている。犯人はすぐそこなのに――。

「罠を仕掛けるのはどうでしょう」

そう発言したのは、ある国の対策部隊のひとりだった。

「罠？」

「ええ、ベアートラップを使うんです」

それは鮫《さめ》の口のような形の罠で、踏むと歯が跳ねあがって強く脚を挟まれる。

「黒い犬が次に狙いそうなサイトの中に仕掛けておいて捕らえるんです」

その案は採用され、エンジニアたちによってただちに罠が仕掛けられた。

あとは待つよりほかはない。

対策部隊は罠を置いた場所を定期的に見て回り、獲物確保の瞬間を待ち望んだ。

あるとき、いつものようにバーチャル空間で男がクロを走らせていたときだった。不意に、不穏な電子音が部屋に響いた。それは異常を告げる音だった。

男はめったにない出来事に驚きながらも、その原因を探りはじめた。そして身体《からだ》が固まった。画面に表示された文字列から、置かれた事態が伝わってきた。あるサイト上で、クロの動きが止まっていたのだ。

猛烈にキーボードを叩いて状況をさらに探っていく。クロはそこで、狡猾《こうかつ》な罠にはまって呻《うめ》いていた。

男は舌打ちをした。

「いま助けてやるからな……」

と、そのためのプログラムを書きはじめたときだった。今度は別の音が鳴りだした。危険を告げるアラートだった。

誰かが男のもとへ迫ってきている。アラートはそう知らせていた。

男はさらに舌打ちした。これは単にクロの捕獲を目的とした罠ではなかったのだ。それをエサに、主をおびき寄せるための罠だったのである。

このままでは自分も捕まる。逃げるならば、いましかない。急いでクロを消去して、この場を早く立ち去るのだ。

だが、対処法を分かっていながら躊躇《ちゅうちょ》している自分がいた。大事なパートナーをこの世から消す。その行為に抵抗が芽生えていた。

いやいや、と首を振る。目の前で呻くそれは、所詮《しょせん》はプログラムに過ぎないものだ。何を躊躇することがある。すぐに消して撤退すれば、追跡を免《まぬが》れられる。まだ間に合う。

しかし、いまや男の頭には遠い昔の記憶がよみがえってきていて離れなかった。感情的になるんじゃない。そう自分に言ってみたが無駄だった。

クロと離れるのはもう嫌だ。

男は素早く手を動かして、罠を解除する文字列を打ちこみはじめる。焦らないようにと言い聞かせながら、かつてない速度でキーボードを激しく叩く――。

「……よしっ!」

罠を解き、クロを逃がした瞬間だった。これまでのどの音よりも不愉快なブザー音が鳴り響いた。

パソコンの画面がロックされ、微動だにしなくなる。

陥った状況を告げる文言だけが、静かにそこで光っていた。

終わったか、と男は思った。

＊

対策部隊が男を捕まえてから、例の被害はなくなった。が、黒い犬の噂は絶えることなく流れつづけた。パソコンや携帯電話の画面上を、ときどき犬の影が横切るというのである。

じつのところ、対策部隊は男を捕らえることはできたものの、結局、犬のプログラムは捕まえることができなかった。しかし、そのことは世間には伏せられることになった。直接の被害が出ていない以上、プログラムのほうは放っておいても問題なかろう。公表して、下手に市民の恐怖を煽《あお》る必要もないだろう。そう判断されたのだった。

そんな事情で、黒い犬は変わらず人々の前に時おり姿を現しつづけた。

そしてさらに、しばらく経つと犬は新たな挙動を示しはじめた。夜中になると、暗い機器の奥底から遠吠えをするようになったのだ。

それを聞いた人たちは、かつての被害を思いだし、またいつ襲われるのかと不安になった。その一方で、なんだかひどく胸が痛んだのも事実だった。

遠吠えは、必死になって誰かに呼びかけているようにも聞こえたのである。

しかし、それに応える者が現れることは、ついになかった。

# 11

# メリー

二〇〇〇年問題をご存知ですか？
コンピューターの演算はときどき
予想外の結果をもたらします。

「ぜんぜん終わんねー」

男はひとり、部屋の中で溜息《ためいき》をつく。領収書をノートに貼って、パソコンに費目を打ち込み金額を記す。その作業を、もう何時間も繰り返していた。

集中力が切れるたびに、SNSを覗《のぞ》きに行く。

——領収書に埋もれてますw
——まあ、まだ焦る時間じゃないよなwww

SNSには同じ確定申告仲間の言葉が並んでいる。それをぼんやり眺めてから、またエクセル画面に戻ってきて数字の入力を再開する。

と、入れた金額を確認していたときだった。男は不意に目の錯覚に襲われた。

画面の〝¥〟という記号のひとつが〝羊〟という字に見えたのだ。

うわー、疲れてんなぁ……。

男は目頭をぎゅっとつまんだ。そして、もう一度画面を見直した。

しかし、〝¥〟は〝羊〟のままであり、それどころか、画面上を上下左右に動きはじめたのだから目を見開いた。おまけに〝羊〟はその右隣に、先ほど金額として入力した数字を従えたまま移動していた。

男は何がなにやら分からないまま、慌てて〝羊〟と数字を選択してデリートを押した。通常ならば、それで消えてくれるはずだった。が、どういうわけかそれらが消えることはなかった。ファイルを閉じて別の画面に切り替えるも、変わらず同じ場所に残ったままだった。

ソフトのバグだろうか……。

こういうときはネットで検索するに限ると、男はさっそく調べはじめた。

「エクセル、¥、羊……」

するとすぐ、こんな記事が引っ掛かった。

《謎の〝羊〟が多数出現》

クリックすると記事が開いた。

《コンピューター上に謎の〝羊〟が出現している。

この〝羊〟は、まるで生き物のように振る舞い、画面上を動き回ることが確認されている。専門家の話によると、コンピューターに打ち込まれた〝¥〟の一部が突然変異したものと見られるものの、現時点では消去できないということ以外に詳しいことは分かっていない。

また〝羊〟は、もともと〝¥〟の隣に表示されていた数字と一緒になって移動することも判明している。同じく消すことはできないが、この数字は時間が経《た》つにつれて増えたり減ったりするようだ。それが何を意味するのかは不明である。

〝羊〟の今後の動向に注目したい――》

男は改めて、画面上をのろのろ動く〝羊〟を見た。まさしく記事と同じ現象が起こっていて、思わずその記事のリンクを貼ってSNSで呟《つぶや》いた。

――ちょｗｗ　おれのパソコンにも羊キタ―――ｗｗｗ

その日から、男の生活に謎の〝羊〟が加わった。

無論、パソコンをつけない限りは〝羊〟を目にすることもない。が、ライター業が生業《なりわい》の男は、仕事道具を使わないわけには当然いかない。

〝羊〟はパソコンを立ち上げると画面のどこかに必ずいて、原稿を書いたりネットをいじっていると自《おの》ずと目に入ってきた。最初のうちは気になって、つい目で追ってしまった。

――ほんと羊が邪魔なんですけどwwwww

が、しばらくすると慣れてきて、さほど気にはならなくなった。〝羊〟が連れている増減する謎の数字も、考えるのが面倒になって放っておくことにした。

そんなある日、男がネットをだらだら眺めていると、こんな記事が目に入った。

《謎の羊は新通貨》

記事の中身はこうである。

《巷《ちまた》に出現していた〝羊〟の正体が判明したと、この日、日本通貨研究機構が発表した。同機構によると、〝羊〟は〝¥〟が変化して生まれた新しい通貨記号であるという。そして〝羊〟の隣に寄り添うようにして存在している数字は、その〝羊〟の飼い主が保持している仮想通貨の金額だということも分かった。

これを受け、同機構はこの新通貨の名称を〝メリー〟と命名。現在、メリーに対応した新規サービスの開発を急いでいる。

メリーは、単に〝¥〟が粉飾しただけの仮〝装〟通貨に過ぎないのか。あるいは時代を変える通貨となるのか。注目は高まるばかりである――》

男は、自分のパソコン上で動いている〝羊〟と数字を見ながらこう思う。

すると、だ。自分は期せずして、新しい通貨を手に入れることができたわけか。何もしていないのにお金がもらえるだなんて、夢のような話じゃないか。

けれど、いくら通貨を持っていようと、使えなければ意味がない。まあ、あまり期待はせずに放っておくか……。

ところが、事態は想像以上のスピードで展開する。程なくして、くだんの研究機構がメリーに対応したWEBサービスを立ち上げたのだ。

それを知った男は、さっそくサイトを訪れた。

サイトには羊を模したキャラクターがいて、吹き出しで使い方の説明をしてくれた。

その手順に沿って、男は画面の「メリーを読み込む」というボタンをクリックした。くるくるとアイコンが回ったあと、画面に数字が現れる。それは、自分の〝羊〟の隣の数字がコピーされたものだった。

次に男が「サイトに適用する」というボタンを押すと、〝羊〟の隣の数字がゼロになり、代わりにサイト上の「メリー残高」というところに同じ値が反映された。そして「完了」という字が表示され、無事にメリーの移行作業が終わったことを教えてくれた。

説明によると、あとはポイントを使う要領で、このサイトでメリーをいろいろなものと交換できるということらしい。実際にサイト上には食料品や雑貨品が一覧になって並んでいて、どれもメリーと交換できるようになっていた。

男はメリーで、どの品を手に入れようかと迷いはじめた。

しかし、そこでふと立ち止まった。

メリーを得たのはいいけれど、〝羊〟の隣の数字はゼロになった。ということは、いまの残高を使ってしまうと、メリーはなくなってしまうということだ。棚ぼた的に手に入れたものではあったが、そう考えるとなんだか惜しい気がしてきた。

と、しばらく躊躇《ちゅうちょ》しているうちに〝羊〟の隣の数字が変化していることに気がついた。ゼロだったはずのものが、いつの間にか少し増えていたのだ。

そういえば、と男は思う。これまでにも数字はときどき増減していたな、と。つまりはその要因を知ることで、メリーは増やしたり減らしたりできるのではないだろうか……？

その問いに答えてくれる記事が流れてきたのは、間もなくしてだ。

《メリーの増やし方》

目にした途端、男はすぐに飛びついた。

記事にはこんなことが書かれていた。

メリーの増減は、〝羊〟の食事と相関関係があるというのだ。〝羊〟がエサを食べるほど、メリーは増える傾向にある。逆に飢えがつづくと減っていき、マイナスになることもあるらしい。

そして肝心のエサ——〝羊〟が好んで食べるのは、ネット上に生えている草だと書かれていた。そう、〝羊〟はネット用語で「笑い」を表す「ｗ《クサ》」という字を食べていたというわけだ。

言われてみれば、思い当たる節があった。最近、自分のＳＮＳで、前ほど「ｗ」を見かけなくなったなと感じていたのだ。

なるほど、あれは自分の〝羊〟が「ｗ」を食べていたからだったのか——。

男はメリーを増やすべく、〝羊〟を連れてネットの草を探し求めるようになった。

SNSやまとめサイト、掲示板などで良い場所を見つけると、そのページを開いて放っておいた。すると〝羊〟が草のほうへと近づいていき、モソモソとそれを食べていく。〝羊〟は食欲旺盛で草はすぐに消えていき、スクロールしてしょっちゅう場所を移動してやらねばならなかった。

そうして男は、ネット上の遊牧民のような生活をしはじめた。草を求めて移動をし、〝羊〟に食べさせてはまた移動を繰り返した。

――メリーがあれば働く必要なくね？ｗｗｗｗｗ

その草もまた、投稿した矢先に〝羊〟がすぐに食べてしまう。

男のメリーはどんどん溜まり、それを使ってサイト上で様々なものと交換した。メリーと交換できる品の種類も、爆発的に数を増やした。

男にとって、円などもはや不要だった。円がなくともメリーだけで暮らせるのだから。

事実、すでに男は仕事を辞めてしまっていたが、不自由なことは何ひとつなかった。家にこもり、メリーで得られる品々だけで充実した日々を過ごすことができていた。

そして、そんな暮らしを送っているのは男だけに限らなかった。

《メリーではじめる遊牧生活》

至るところで、悠々自適の遊牧生活が紹介されはじめていた。

ネット遊牧民の数は増え、男もネット上で、頻繁に他の〝羊〟飼いと遭遇するようになっていた。厳密に言えば相手の〝羊〟が見えるわけではなかったが、目の前で消えていく草を見れば、そこに誰かの〝羊〟がいることは明らかなのだ。

〝羊〟の数も激増する一方だった。

新しく〝羊〟を手に入れる者に加え、すでに飼っている者も追加でそれを手に入れたがった。〝羊〟が多いほど実入りも大きいのは当然で、多頭飼いをしない手はない。

人々はこぞって〝羊〟を増やすことに熱中した。

そして私腹を肥やすべく、新たな草原を求めて旅に出た――。

＊

男はもう、何日もネット上を彷徨《さまよ》っていた。傍らの〝羊〟は痩せ細り、ほとんど動くことはない。彼自身もまた、久しくまともな食事にありつけてはいなかった。

それでも男は草を求め、彷徨いつづけるほかはない。それ以外の手段で食っていく選択肢は、とうの昔に失っていた。

男は弱々しく顔をあげると、何とか少し前へと進む。

草という草が食べ尽くされたあとに残るのは、不毛の大地だけである。

彼の目の前には、無数の〝羊〟の亡骸《なきがら》と、かつて通貨だった数字の破片のみが転がる、果てしないネットの砂漠が広がっている。

# 12

## 言葉の蛇口

二〇二〇年――全世界で生まれる
データ量は四十四ゼタバイトとも
いわれています。
キロ、メガ、ギガ、テラ、
ペタ、エクサ、ゼタ……
なんだか気が遠くなりそうですね。

「被験者になってほしいんだ」

久々に再会した友人が言った。

「ちゃんと謝礼も出させてもらうから」

「いやいや……」

テーブル越しに迫ってくる友人を、おれは軽く手で制した。

「っていうか、まずは詳しく話を聞かせてくれよ」

苦笑しながら彼に言う。

一括《くく》りにするわけではないけれど、こういうところが学者肌だなぁと思わされる。夢中になると周りのことが見えなくなるのは学生時代からの彼の癖だ。そういう意味では、研究所勤めの道を選んだのは正しかったのだろうなぁと、おれは思う。

「そうだった、ごめんごめん」

友人は我に返った様子ではにかんだ。そんな彼に、おれは尋ねる。

「で、その実験ってのは？」

被験者も何も、まだ何も聞かされてはいなかったのだ。

実証実験に、ちょっと力を貸してほしい。

そう頼まれて、こうして待ち合わせ場所の喫茶店を訪れたのだった。

しかし、おれは不思議に思っていた。友人はたしか環境エネルギー分野の研究が専門で、特に環境汚染がどうのこうのと言っていたような覚えがある。そんな大きな規模のテーマに、自分みたいな一個人が役立てることがあるのだろうかと訝《いぶか》った。

「まずは、これを見てほしい」

友人は鞄《かばん》から何かを取りだしテーブルに置いた。

場にそぐわない奇妙なものの登場に、おれは思わず口を開く。

「蛇口……？」

それはゾウの頭にプロペラがついたような、紛れもない蛇口だった。

ただ、よく見ると普通のものとは少し様子が違っていた。根元のところが黒いシリコンで覆われていて、そこからコードが伸びていたのだ。そして先にはＵＳＢ端子がついていた。

「なんだこれ……」

呟《つぶや》くおれに、友人は言った。

「言葉の蛇口っていうもので。うちのチームが開発したんだ」

「言葉の蛇口？」

「ほら、前に言ったことがあっただろう？　おれがいるのは環境エネルギー問題を扱う研究所だって。中でもおれのチームは環境汚染問題の研究をしてるんだけど、この蛇口はその研究から生まれたもので」

「なるほど。っていうことは……」

おれは言う。

「これは水の濾過《ろか》装置ってところかな？」

キーワードをつなぎ合わせて推測した。

きっと友人は、水質汚染の研究をしているのだろう。これを使えば濁った水もきれいな真水に変えられる。そんな装置ではなかろうか。

が、それならば、コードの先のＵＳＢには何の意味があるのだろう……。

ひとりで勝手に考えていると、友人は笑って言った。

「違う違う、そもそもおれの研究テーマは地球上の環境汚染じゃないよ」

「えっ？」

「ネット上の環境汚染を解決するのがテーマなんだ」

「ネットって……えっと、インターネット？」

そうだと頷《うなず》き、彼はつづけた。

「ネット上の環境は、年々悪くなる一方で」

特に最近はますます拍車がかかっていて、事態は深刻な状態に陥っているのだと友人は言った。

いまやネットの中は不満や虚飾、罵詈雑言《ばりぞうごん》で溢《あふ》れかえってしまっている。人を貶《おとし》めるための噂が蔓延《まんえん》したり、レビューという名の鬱憤《うっぷん》晴らしが横行したり、嘘偽《うそいつわ》りで着飾られたり。

友人は、そういったネット上の環境汚染を解決すべく研究をしているらしい。そんな中、ある独自の理論をもとにつくられたのが、この「言葉の蛇口」なのだという。

「接続端子をパソコンにつなぐんだ。そうして蛇口をひねって栓を開ければ、ネットの世界に混入してる汚染物質が出てくるわけだよ」

ただ、と彼は言った。いまの技術では、蛇口ひとつでネット上のあらゆる汚染を除去できるわけではまったくない。あくまで使用者の周辺環境が改善できる程度に限られる。

「でも、研究が進めば、いずれもっと除去できる範囲は広がるはずだ。ゆくゆくは、汚染物質を徹底的に取り除くための処理施設なんかもつくりたいって思ってる」

まあ、それはずいぶん未来の話になるだろうけど。

友人は笑い、それで、とつづけた。

「被験者っていうのは、この蛇口を家で試してみてほしいんだ。もちろん実験室レベルではすでに十分な効果が確認できてるし、安全性も問題ない。だけど、実際の生活の中でもきちんと効果が現れるか、データを取らせてほしくって」

おれはすぐには頷きかねた。

友人が未来の話だと語ったことなどよりも遥か手前――ネット上の汚染物質を蛇口で取りだせるなどという話から、まったくついていけてなかったからだ。

が、しばらく逡巡《しゅんじゅん》したのちに、おれはこう答えていた。

「分かった。協力するよ」

理解できるまで問いただそうという気持ちは消えていた。その代わり、悪意のない澄んだ瞳を信じてみようと思ったのだ。

友人は途端に破顔して、何度もお礼を口にした。

「それじゃあ、とりあえず一か月、よろしく頼むよ」

友人と別れ、喫茶店をあとにした。


家に帰って落ち着くと、おれはさっそく自宅のパソコンに蛇口をつないだ。

見た目には、変わった形のＵＳＢメモリを差しこんだようにしか見えなかったが、蛇口を軽くひねってみて小声をあげた。一拍置いて、蛇口の先から液体がぽとぽと落ちはじめたのだ。

おれは慌てて蛇口を閉めて、床に落ちた汚れを手で拭った。それは黒くどろどろしていて、まるでヘドロのようだった。匂いを嗅ぐと異臭がして、反射的に遠ざける。

これがネット上の汚染物質――。

頭で理解するよりも先に、本能的にその存在を理解した。そしてすぐに恐怖を覚えた。知らず知らず、自分はこんなものに触れながら暮らしていたのか――。

不意に、大気汚染の問題を想起した。

都会では、洗濯物をベランダに干しつづけると黒ずんでくる。空気が汚れているからだ。しかし、それとまったく同じ空気をみんな吸い、ほとんど意識することもなく生活している。分かりやすい実害に見舞われるまで、人は見えないものにとことん無頓着なのだ。

このままだと健康を損なうのは時間の問題だ――。

その日から、おれはパソコンを起動すると、まずは言葉の蛇口をひねることが日常になった。

出てくる液体は、最初の数秒はいつもドス黒かった。が、少しすると黒味が薄れた。おれは毎回その状態になるまでしっかり待って、ネットを使うようになった。

出てきた液体は捨てたりはせず、蛇口の先に設置した空のペットボトルの中に溜《た》めた。

あとで研究に使いたいからと、友人に依頼されていたからだ。ペットボトルはすぐにいっぱいになってしまい、次々に取り替え、液体を詰めた。

おれは渡されていた変換ケーブルで、スマートフォンにも言葉の蛇口を接続した。蛇口をひねって出てきたのは、パソコンのものよりどろどろした液体だった。

同じネット上から出てくるのに、どうして違いがあるのだろう——。

そう不思議に思っていたが、やがて自分なりの答えにたどりつく。

スマートフォンにあって、パソコンにないもの。それはアプリだ。

自分のスマートフォンにも、たくさんのアプリがインストールされている。そして多くが流言飛語の飛び交うSNSに関するものだ。

なるほど、と、おれは思う。おそらく、ネット世界の汚染物質の濃度にはムラがあるのだろう。SNSアプリの周辺は、より汚染が進んでいるということに違いない。

言葉の蛇口を使うようになってから一週間ほどが経《た》ったころ、おれはなんだか落ち着かない気持ちに襲われはじめた。毎日に、何かが足りない感じがするのだ。

その「何か」が、人を嘲《あざけ》ったり煽《あお》ったりする言葉だと気づいたときにはぞっとした。それらはこれまでネット上で日常的に触れていたものたちで、いまは蛇口によって取り除かれているものでもあった。

おれは、無意識のうちに悪意ある言葉に慣れてしまっていた自分に——いや、むしろそれを楽しんでさえいたであろう自分に気がついて、戦慄《せんりつ》を覚えた。

心の汚れは、洗ってみるまで分からない。

おれは何とかその物足りなさに耐えて日々を過ごした。

そしてその初期症状を乗り切ると、まるで生まれ変わったかのようなまったく別の感覚が待っていた。

心がかつてないほど穏やかで、清らかになったのだ。それまでの自分が、いかに取るに足らないことで腹を立てたり不安になったりしていたのかがよく分かった。

それはネットに触れている間の話に限らない。実生活でも嘘のように健やかな気持ちが持続して、おれはネットの汚染の影響力をつくづく考えさせられた。


約束の一か月が経ったころ、友人がやってきた。

黒い液体で満たされた大量のペットボトルを満足そうに眺めると、彼は言った。

「どうだった？」

おれは心の劇的変化を熱弁した。

「……なんだか、こっちが売り込まれてるみたいだね」

友人は笑いながらも耳を傾けつづけてくれた。

おれは感慨をこめてこう言った。

「この蛇口が普及したら、世の中はずっとよくなるだろうなぁ……」

彼にはぜひ、夢の汚染物質の処理施設を実現してほしいものだと心底願った。と、ひとしきりしゃべり切ったあと、おれは友人にこんなことを尋ねてみた。

「ちなみにさ、この出てきたやつはどうするんだ？」

それはずっと気になっていたことだった。

研究に使うとは聞いていたが、量も量だ。全部使うとは思えなかった。が、たとえ余ったとしても、まさか自然界に捨てるわけにはいかないだろう。そんなことをすれば汚染物質が現実の地球上に流れだし、いっそう深刻な被害をもたらしそうだ。隔離して保管しておくのも現実的とは言い難い。場所の確保ができないだろうし、万が一、漏れでもしたら大事だ。それこそ、新たな公害になるかもしれない。

「いい質問だね」

友人は、なぜだかますます満足そうな顔になった。

「そのあたりはご安心。ちゃんと早々に研究がされてて。じつは、おれたちはこの液体にもすごく注目してるんだ」

彼はつづける。

「うちの研究所には、これを研究するチームが別にいてね。新しいエネルギー資源になることが期待されてて」

資源？　この汚染物質が？

困惑するおれに向かって友人は言う。

「ほら、これってネット上の過激な言葉もたくさん含まれてるだろう？　火力発電に使えるんだ」

あっ、と瞬間的におれは悟った。

同時に彼は口にした。

「何しろ、ずいぶんよく燃えるから」

# 13

## 星の申し子

夜空に浮かぶ星は水素などのガスによって燃えているためキラキラと光って見えるのです。
そのような星を恒星、
地球のように恒星の周りを回っている星を惑星といいます。

高校に入学して二週間ほどが経《た》ったころ。ようやく緊張もほぐれてきたかなという頃に、おれはある噂を耳にした。

「同じ一年に、もの凄い美人がいるらしい」

どうやらミーハーな男子たちは、休み時間になるとこぞってその女子を見に行っているという。近頃では先輩たちもわざわざやってきているようで、昼休みなどはその女子がいる教室の前は野次馬《やじうま》でいっぱいになっているらしい。

そういうものとは生来無縁のおれは、どこか冷めた気持ちで噂話を聞いていた。が、中学校からの友人で同じクラスの原田《はらだ》までも騒ぎだす始末で、どうしたものかと困り果てた。

「分かったから、急《せ》かすなって」

ある日の昼休み、おれは原田のしつこい誘いについに音を上げ、その教室へと一緒に向かうことになった。

原田は分厚いレンズ入りの黒縁メガネを押し上げながら、いつもの独特な口調で言った。

「早くしないと、人だかりができるのですよ！」

歩きながら、おれは言う。

「でも、原田が女子に夢中になる日が来るなんてなぁ」

「言ったではありませんか、彼女をそこらの女子と一緒にしてはいけないと！　何といっても、彼女は星の申し子なのですから！」

「あー、はいはい、そうだった、そうだった」

おれは適当に返事をする。

原田は基本的にはいいやつなのだが、少々性格に難がある。大の宇宙好きであり、宇宙の話題となると見境がなくなってしまうのだ。

一度火がつけば、やれブラックホールがどうだとか、ダークマターがどうだとか、よく分からない専門用語を一方的にまくしたてる。そうかと思えば、ＵＦＯの目撃談や宇宙人の侵略説など、怪しげな話を大真面目《おおまじめ》に演説しはじめたりもする。

興奮だけは十二分に伝わってくるのだが、科学もオカルトも混ぜこぜで、まともに付き合っているとチンプンカンプンに拍車が掛かってしまうのだった。

その原田が、今度は噂の女子のことを星の申し子だとか言い出したのだ。恒星がどうとか、太陽神ラーとかルーとか興奮気味に語っていたが、おれにはいまいち分からなかった。

「うわぁ、凄い人だよ……」

教室の前にはすでに人だかりができていた。

「なあ、やっぱりやめとこうぜ」

おれは言うも、原田はまったく聞いていない。

「さすがは星の申し子……民を引きつけてやまないんだ……」

そんなことをぶつぶつ言いつつ、原田は人混みをかき分けはじめた。仕方なく後につづいて行って、やがて教室の中を覗《のぞ》ける窓のところまでやってきた。

「ほら、あの方ですよ……」

原田が指差す方向に目をやって、おれは思わず声を出した。

「へぇ」

さすがのおれでも、男子たちが騒ぎ立てる理由がよく分かった。その女子はたしかに美人で、教室の中で眩《まばゆ》いばかりの存在感を放っていたのだ。いや、存在感だけの話ではなかった。見ていると本当に目が眩《くら》んできはじめて、自ら光っているふうに見えた。その姿は、そう——まるで星のようだった。

「あれがアマカワソラさんです」

原田は「天川宙」という字を教えてくれる。

「彼女が星の申し子です！」

そして原田は力説する。

「太陽の黒点の数の推移がロマ数列の第二十項までの総和と一致したとき、太陽フレアが地軸を貫き、この地に星の申し子が誕生するのです！」

「はあ？」

「これが、かの有名なミッフェルケスの第三定理です。ですから、彼女はれっきとした星の申し子なのですよ！」

まったく意味が分からなかった。が、これが原田の通常運転といえばそうだった。

「ああ、ぼくはなんて幸運なんだ……」

原田は天川に熱い視線を注ぎながら、そんなことを呟《つぶや》いた。

おれはほとほと呆《あき》れながら、途中からは上の空でやり過ごしたのだった。

それからというもの、原田が天川を見に行こうと毎日のように誘うので、おれはしぶしぶついて行った。

当の天川はいつ訪れても誰かと話している様子はなく、超然とした態度でひとり休み時間を過ごしていた。

「おまえだけが行けばいいじゃん」

何度もそう言ったのだが、原田は強引だった。

「この目で見ることができるなんて、天文学的数字の幸運なのですよ？」

「女子一人に大げさだな」

「大げさではありません」

原田は言った。

「時期が来れば分かりますよ」

その時期とやらが、やがて来る。

ある放課後、原田が血相を変えて教室に入ってきたのだ。

「天川さんのところに行きましょう！」

よく分からないながらもついて行くと、天川が廊下を歩いているところだった。その天川の後ろを、ぞろぞろと男子たちがついて行く。

それ自体は珍しくはない光景だった。しかし、この日に限って様子がどうも妙だった。みんな目の焦点が合っておらず、ぼんやりした表情を浮かべていたのだ。

「なんか気持ち悪いな……どうしたんだろ」

呟くと、原田は言った。

「天川さんの真の力がとうとう発現したのです」

「力？」

「周りにいるあの彼らは、いわば宇宙の塵《ちり》のようなものなのです。塵は星に引きつけられるものでしょう？　彼らは天川さんという星に無条件で吸い寄せられているわけです」

「へー」

塵呼ばわりされて気の毒だなと思いつつ、おれは言う。

「でも、天川もさぞ迷惑なことだろなぁ」

「いえ、それが星を背負う者の宿命なのです」

原田は分かったような口を利くのだった。

天川の周囲の様子は、その日を境に少しずつ変わっていった。男子たちの奇行がより目立つようになってきたのだ。

男子たちは、休み時間になるとわらわらと天川のいる教室の前へとやってくる。そこまでは同じだった。が、次第に彼らは教室に勝手に入りこみ、天川の周りを渦巻くようにぐるぐると歩き回るようになっていった。

肝心の天川はそれを気にするそぶりも見せず、涼し気にひとり読書をしたり、ぼんやりしたり。時おり彼女が席を立つと、周りの渦もそれに合わせて移動した。

おれは原田のそばで、その光景を遠巻きに観察しつづけた。

「あれ？　なんかまた様子が変わった？」

あるとき、おれは原田に言った。

「周りにいる男子たちが減ってない？」

「いまさら気がついたのですか」

原田は言った。

「彼らの一部は衝突して消えましたよ」

「なんだなんだ、天川をめぐってケンカでもしたか？」

物騒だなぁと顔をしかめる。

違いますよ、と原田は言う。

「その衝突ではありません。彼らはいま、天川さんの周りで惑星を形成している途中なのです。時間の経過と共にぶつかり合って融合して、新しい姿へと変わっているというわけですよ」

「えっ、あいつら合体してんの？」

「はい。より高位で崇高な存在になっている最中なのです」

周囲の男子たちは日に日に少なくなっていって、やがてたったの十人になってしまった。

その残った男子たちに、さらなる変化が現れた。彼らはあるときを境に地面を離れ、身体《からだ》ごと宙へと浮いたのだ。そして彼らは天川の周りを公転しながら自転するという奇行を演じはじめた。

原田に言わせると、彼らはついに惑星になったとのことだった。

「無事に軌道に乗ったわけです」

惑星になった男子たちは、休み時間だけでなく、授業中も天川の周りを回りつづけるようになったらしい。おれはそれを、天川と同じクラスのやつから聞いた。

「最初はちょっとした騒ぎになったんだけどさ」

そいつは言った。

「先生が天川に事情を聞いても返事はないし、飛んでるやつらを降ろそうとしても全然無理で。壁もぶち破って好き勝手に飛び回ってて、いまじゃみんな諦めてるよ」

隣で聞いていた原田が口を挟む。

「星の力に抗《あらが》うことなどできないのです」

その口調はずいぶん誇らしげだった。

天川はどんどん眩《まぶ》しくなって、やがて裸眼では直視できなくなってしまった。

それでも原田は見に行くことをやめなかった。曰《いわ》く、タイミングを逃せば一生後悔するとかなんとか。その原田の黒縁メガネは、いつしか度入りのサングラスへと変わっている。

そんな状態で五月が過ぎ六月が過ぎ、七月も半ばを過ぎたころ。原田の言うタイミングというのがやってきた。

その日、登校してきた原田は、いつにも増して興奮した様子で口にした。

「いよいよですよ……見てください！」

突きつけられたのはノートだった。

「なんだこれ」

「これまでの観測記録です！」

いつの間に書いていたのだろう、見ると何十ページにもわたって数字や数式がびっしり書き込まれていた。

「このデータをもとにモヘミヤ解釈が成り立つと仮定して計算を進めていくと、時間軸tが示すのが今日という日なのです！」

全然意味が分からなかったが、とりあえず聞く。

「何が起こんの？」

「超新星爆発です」

原田は言った。

「ぼくはこの瞬間をずっと待ち望んでいました」

「なんだ？　その超なんとかって」

「超新星爆発です。星がその命の終わりを迎えるとき、周囲を巻き込み大爆発を起こすのです。そしてそれが、また次の星をつくる源になるわけです」

「えっ、爆発すんの？　天川が？」

「そういうことです」

「危ないじゃん」

「捉え方次第ですよ」

そして運命の瞬間は唐突に訪れた。

その日の三限目の授業中、不意に原田が「あっ」と叫び声をあげた。その視線の先には、公転する男子たちを纏《まと》って校舎の中庭を歩いている眩い存在――天川がいた。

「天川さんッ！」

いきなり原田が教室を飛び出した。

「ぼくを置いていかないでッ！」

おれも授業をよそに慌てて後を追っていく。

天川は校庭の真ん中まで歩いて行って、そこで止まった。

おれは距離を置いて佇《たたず》んでいる原田のそばに近寄るも、安易に話しかけてはならない緊張感がそこにはあった。

自転する男子たちは、相変わらず宙に浮かんで天川の周りを公転していた。

と、しばらくして、男子たちの描く楕円《だえん》が少しずつ縮みはじめたのに気がついた。彼らは徐々に天川のほうへと引き寄せられていっていた。

いったい何が起こっているのか――。

そしてついに、ひとりの男子が天川の強い光の中へと吸収された。

それを皮切りに、ひとり、またひとりと男子たちは光の中へと消えていき、とうとう最後のひとりも消えてしまった。

校庭は異様な空気に包まれていた。みょんみょんと、異音が耳に響いてくる。

突然、それまで隣でじっとしていた原田が声をあげた。

「ぼ、ぼ、ぼくも！」

原田は叫んだ。

「ともに宇宙の真理となるのですッ！」

うわあぁッ！

そう言って光に向かって駆けだした。

「原田ッ！」

咄嗟《とっさ》に引き止めようとしたものの、おれの身体は金縛りにあったように動かない。原田はそのまま光に消えて見えなくなった。

その次の瞬間だった。

視界がいきなり真っ白になり、次いで爆音が耳をつんざいた。

おれは吹き飛ばされて、気づいたときには地面に転がっていた。身体のところどころに痛みがあり、転がった拍子に打ちつけたのだと遅れて分かった。

「原田ッ！」

急いで顔をあげて校庭を見渡し、原田を探した。

しかし、原田も、天川も、男子たちも、どこにも姿を見出《みいだ》すことはできなかった。


それからの数日は頭の整理で精一杯で、瞬く間に過ぎ去った。

立ち入り禁止になってしまった校庭には、爆発を示す大きな穴が残っていた。そしてその穴のあたりには、オパールのように虹色に光る靄《もや》のようなものができていた。

この数日のうちに、おれは図書室に通って宇宙の本を何冊か開いてみた。超新星爆発という項目に書かれた説明はよく理解できなかったが、掲載されていた写真を見て目を瞠《みは》った。

写真の下には、かに星雲と書かれていた。それは超新星爆発の残骸にあたるものだということで、校庭の靄とそっくりだった。

やがて終業式がやってきて夏休みに突入すると、立ち入り禁止のテープがほどかれた。

おれは夏期講習がある日には、授業が終わるとひとり校庭へと足を運んだ。そこでは何事もなかったかのように野球部やサッカー部が練習をしていて、時おり虹色の靄の中を人やボールが通っていく。

夏の日差しを浴びながら、おれはベンチに座って時おり原田の言葉を思い返した。

――超新星爆発は、また次の星をつくる源になる――

そのうちおれは、学校の至るところに小さな球体ができはじめていることに気がついた。球体は日に日に大きくなって、近ごろでは光を帯びだしている。

これらが次の星となっていくのか――それは正直、分からない。

けれど、だ。

おれはこう願っている。

原田が星に生まれ変われますように。

そして無事に、宇宙の真理となれますように、と。

14

# 白い犬

現実とバーチャルの世界は、
いつかつながる日が訪れるかも
しれません。
その兆しはすでに、
いたるところで現れています。
あれ？　これ、
さっき言いましたっけ？

妻に先立たれてから男の日々を慰めてくれたのは、一匹の愛犬だった。

「シロ、おいで」

腰をかがめて声をかけると、その白い犬は男の懐へと飛びこんでいく。男が両手で受け止めると、犬は嬉しそうに男の顔を舐《な》めはじめる。

妻が犬を飼いたいと言いだしたとき、はじめ男は決して積極的とは言えなかった。世話もラクではないと聞くし、生き物を飼うことへの責任もある。子供もおらず、定年を迎えて暇を持て余している身だとはいえ、軽はずみに賛成することなどできなかった。

しかし、妻の知人の紹介でブリーダーの元を訪れたときのこと。歩み寄ってきたその白い子犬を見た瞬間、男は雷に打たれたような衝撃に貫かれた。

この子と一緒に暮らしたい――。

「よし決めた。この子をうちに迎えよう。名前は、そうだな……シロにしよう！」

妻は急に前のめりになった夫に対し、驚くと同時にすっかり呆《あき》れた。おまけに勝手に名前までつけて……。

でも、念願叶《かな》って飼えるんだから、まあいいか。

こうして犬は男の家に迎えられることになったのだった。

男も犬も散歩を好み、時間ができると一緒に出かけた。

歩いていると道行く人にじゃれつこうとするのが、犬の困った癖だった。

「こら、シロ！　ダメじゃないか！」

すみませんと謝る男に、相手は微笑《ほほえ》みながら、よくこんなことを口にした。

「かわいい犬ですねぇ」

それを聞くと、男は嬉しくて仕方がなかった。

「ふふ、そうでしょう？」

ニヤけながら、思わずそう口にする。夫の溺愛ぶりに、妻は苦笑するばかりだった。

その妻が亡くなったときに何とか持ちこたえることができたのも、犬がいてくれたからに他ならなかった。ひどく落ちこむ男のそばで、犬は何も言わずに寄り添ってくれた。彼らのあいだには、強い絆ができていた。

そんな男がおもしろいものの存在を知ったのは、妻を失った傷が癒えはじめた頃のことだった。ぼんやりテレビを見ていると、こんな言葉が耳に入ってきたのである。

――これがあれば、家に居ながら犬と散歩ができるんです――

家に居ながら散歩だって？

その違和感に男は引かれ、テレビに見入った。テロップには「ＶＲ」という言葉が出てきていた。

詳しい話を聞いていると、だいたいのことが分かってきた。

アイマスク状のディスプレイを装着すると立体的な映像が現れ、まるで本当にその世界に入りこんでしまったかのような体験ができる――そんな技術を「仮想現実」「バーチャル・リアリティー」、あるいは略して「ＶＲ」などと呼ぶらしい。そのＶＲの技術を応用して作られたのが、犬と一緒にバーチャル世界を散歩できる「ウォーク・ザ・ドッグ」という代物のようだった。

「ウォーク・ザ・ドッグ」の使用者は、はじめにディスプレイを装着する。飼い主だけでなく、犬にもつけるのだ。そうすることで、両者は同じ仮想の世界に入っていく。

次に一緒に、特別製のウォーキングマシンの上に乗る。それは小さな球体が敷き詰められた円板状の不思議なもので、三百六十度、どの方向に歩いても球体が動き、同じところに留《とど》まりながら歩行ができるようになっている。

この二つの装置によって、飼い主と犬は家に居ながら仮想世界を散歩できるというのである。

犬と遊べるゲームのようなものだろうかと、男は思った。そして、なんだか楽しそうだなとも感じていた。

いい気分転換にもなりそうだ――。

男はさっそくその翌日、家電量販店に赴いた。そして目的のものを購入すると、持ち帰って居間の隅に据え置いた。

まずは自分だけで試してみよう。そう思い、男はディスプレイを装着してウォーキングマシンの上に乗った。電源を入れると、目の前にいくつかの文字が浮かんでくる。それは世界中の町の名前で、この中から歩きたい場所を選ぶということらしかった。

男はコントローラーを操作して、リストの中からニューヨークという字を選択した。

その瞬間のことだった。

現れた光景に、男は呆然《ぼうぜん》となってしまった。

目の前に広がったのは、あまりにリアルな映像だった。それはいつか出張で訪れた、摩天楼の立ち並ぶニューヨークの景色そのものだったのである。

男は思わず頭上を見上げた。すると視線の動きを感知して、ディスプレイの映像も滑らかに移り変わった。高層ビルの窓の連なりを追っていくと、ビルとビルに切り取られた青空が見えた。本物の空とまったく区別がつかないほど、抜群に鮮明な映像だった。

試しにゆっくり歩いてみると、映像もそれに合わせて進んでいった。向きを変えると、その方向のものになる。

これは凄い——。

「シロ」

男はディスプレイを一度外すと、犬を呼んだ。やってきた犬に専用のディスプレイを装着させて、ウォーキングマシンの上に乗せてやる。

男は自分も再度ディスプレイを装着すると、マシンに乗った。隣を見やると、ニューヨークのど真ん中できょろきょろしている愛犬の姿がそこにあった。

「おまえにも見えるか？」

男は声を弾ませた。

「こんなの初めてだろう？　これが彼《か》の有名なタイムズスクエアだ」

犬は嬉しそうに声をあげると、先にとことこ歩きはじめた。男もその後をついていく。

英語で書かれた大きく派手な看板が至るところに掛かっていた。ブランドショップやアパレルショップのウィンドウを覗《のぞ》きながら、彼らは一緒に道を歩く。

ときどき他の人や犬ともすれ違った。オンラインで世界中のユーザーとつながっていて、空間を共にすることができるのだ。

男と犬はカーネギーホールの横を過ぎ、近代美術館のほうまで回ったところで散歩を終えることにした。

ディスプレイを取り外すと当然そこは見慣れた自分の家の中で、たった今まで見ていた

## 14
## 白い犬

景色とのギャップにめまいを覚えた。犬も面食らったようにきょとんとして、しばらくは落ち着かない様子だった。

けれど一度の体験で、男はこの風変わりな散歩の虜《とりこ》になった。それはどうやら犬も同じだったらしく、やがて装置の周りで行ったり来たりを繰り返し、またやりたそうなそぶりを見せた。

それからの彼らは、一緒になって何度もバーチャル世界へと繰り出した。

ロンドン、上海、モスクワ、パリ。

そうするうちに次第に外での散歩はしなくなり、ＶＲの散歩だけで満足するようになっていった。

「シロ、今日はエジプトに行こう」

ディスプレイで場所の名前を選択すると、そこはもう砂漠の中だ。見渡すと、大きなピラミッドがそばにあり、ギザの大ピラミッドだと説明が出る。

犬がそちらに駆けていき、高い石段の前で止まった。男は手ごろな段を見つけると、犬と一緒にピラミッドの斜面を上りはじめる。登頂禁止の現実世界のピラミッドでは決してできないことだった。

段を上っていくたびに、男は足腰に相応の負荷を感じていた。視覚のもたらす効果に加え、敷き詰められた小球体が上下にうねってそう錯覚させるらしかった。

頂上まで来ると、砂漠が遠くまで見渡せた。男は犬と一緒に記念写真を撮影した。

データは順次アップデートされていき、行ける場所はどんどん増えた。

世界で最も美しい海岸、アマルフィ。男は犬と共に石畳のメインストリートを散歩した。道の至るところに路地があり、細い階段が上へ上へとつづいている。その先では洞窟のような小さなトンネルが現れたり、バーやショップが現れたり。秘密の迷宮を歩き回っているようで、男は童心に帰ってワクワクしながら散策した。

マチュピチュを散歩したこともあった。犬と一緒に遺跡の間を歩いていると、リャマやアルパカとすれ違う。青空に切り立った山々が美しく、彼らは断崖絶壁に作られた細い橋をひやひやしながら渡ってみたりもした。

男は犬と一緒に世界中の名所を訪れた。

チベットの草原を駆けめぐり、アボリジニの居留地を散策し、南極大陸を横断した。

しかし、年月の経過と共にそんな日々も変化していく。

犬は次第に歳をとり、年々散歩を億劫《おっくう》がるようになっていった。やがて自分からは散歩に行こうとしなくなり、じっとしていることも多くなった。世界を旅する体力も、新しいものに触れる気力も、昔のようにはなくなった。

そんな折だ。「ウォーク・ザ・ドッグ」に新しい機能が追加されたのは。それは専用の機器でユーザー自身が好きな景色をスキャンして、VR上に取りこめるというものだった。

これにより、人々は思い思いの景色をスキャンした。

ある人は、桜の舞い散る満月の夜をVR上に再現した。またある人は、沈みゆく夕陽《ゆうひ》が燦然《さんぜん》と輝く夏の浜辺を再現した。

データはクラウド上にアップされ、公開されたものは誰でも利用することができた。膨大な量の景色が上げられて、それらの情報を独自の観点で整理して、オススメコメントを添えて紹介するキュレーターも現れた。

そんな中、男がスキャンしたのは家の近所の風景だった。

かつて一緒に歩いた思い出の景色を見せたなら、犬も懐かしがって少しは歩いてくれるのではなかろうか。歩いたほうが健康にはいいだろうし、このVRの世界なら、もし途中で疲れたとしてもすぐにベッドで横になれる。

この思いつきは見事に当たった。犬は少しだけ活力を取り戻し、昔のようにときどき一緒に近所の景色を散歩するようになった。

けれど、その時間も長くつづきはしなかった。さらなる月日の経過によって犬はだんだん老衰していき、歩くのさえも覚束《おぼつか》なくなっていった。やがてほとんど寝たきりになり、男は看病に勤《いそ》しんだ。

そしてついに、別れの時がやってきた。

「シロ！　シロ！」

男は居間に伏せる犬に呼びかけた。

「ひとりにしないでくれよ！　なぁ、シロ！」

徐々に体温を失っていく犬に、彼はただ無力だった。

やがて冷たくなった亡骸《なきがら》を、男はいつまでも抱きしめていた。

飼いはじめてから十三年目の春だった。

憔悴《しょうすい》しきった男の元に一人の青年が訪れたのは、それからしばらくしてのことだった。

青年は「ウォーク・ザ・ドッグ」を開発した会社の社員で、男にある提案を持ちかけた。

「また一緒に、愛犬と散歩をしてみませんか」

いきなり何を言い出すのかと、男は瞬間的に怒りを覚えた。できもしないことなど口にして、悪ふざけにもほどがある。

青年は柔和な笑みを崩さず言った。

「お客様のご利用履歴を元にすれば、在りし日の姿をデータで再現できるのです」

そこに至り、男はついに限界を迎えた。データで身代わりを作るだなんて、人の気持ちを逆撫《さかな》でするのもいい加減にしろ！

だが、次の言葉で男は揺らいだ。

「もうすでに、データの準備はできています。あとはディスプレイを装着していただくだけなのです」

それを聞いて、しばらくのあいだ男は黙った。

いろいろな思いが交錯していた。

そんなのは、虚《むな》しいだけの紛《まが》い物だ。

一方で、それでも犬に会いたい気持ちが湧いてきていた。いや、考えれば考えるほど、男の中でどうしようもなく会いたい気持ちは膨らんだ。

そしてついに男は動いた。埃《ほこり》をかぶった装置のほうへと近づいていき、ディスプレイを頭に装着したのである。

映っていたのは、見慣れた近所の景色だった。

「シロ……？」

少し経《た》ち、男はようやく絞りだすように声を出した。

「シロなのか……？」

男の隣には白い犬が座っていた。呼びかけると、ワン、と元気いっぱいの声で鳴いた。

そしてとことこと道を駆けだし、少し先で立ち止まって男のほうを振り返った。

男の視界は歪《ゆが》んでいた。歪んで歪んで止まらなかった。

「シロ！」

男は愛犬のあとを追った。

「待ちなさい！」

まるで時間が巻き戻されたようだった。止まっていた時間が再び動きだしたようでもあった。

その日から、男は毎日、犬との散歩を楽しんだ。

もう世界中を旅しようとは思わなかった。家の近所を収めた景色。その単純な散歩コースが、男にとって一番安らげる場所だった。

歳月は、あっという間に過ぎていく。

男もずいぶん歳をとった。膝を悪くし、もう長いあいだ犬との散歩もしていなかった。

しかし、男は幸福だった。椅子に座り、これまでの散歩が記録された数々の動画を見ているだけで十分だった。

「シロ、あのときは楽しかったなぁ」

男はひとり、画面に向かって話しかける。

「覚えてるか？　初めてニューヨークに行った日のこと」

男は微笑む。

「挙動不審に、一緒にあたりを見回したっけ」

答えるように、画面の中で犬はワンと一声鳴く。

そしてやがて、男も天に昇るときがやってくる。

# 14
# 白い犬

　ベッドに伏せり、最後の瞬間までシロ、シロ、と男は呼びつづけていた。あるいは男の目には、本当に犬が映っていたのかもしれなかった。彼のことを迎えに来た、自慢の白い愛犬が――。

　男が息を引き取ったあと、彼の家は業者によって片づけられた。据え置かれたあの装置も持ち出され、廃棄された。

　男や犬が生きた痕跡は、この世からきれいさっぱりなくなった……かのように思えた。

　しかし、実際のところはそうではなかった。

　あるとき、ひとりの女が愛犬を連れて「ウォーク・ザ・ドッグ」の中を散歩していたときのことだ。彼女たちは、誰かが作った散歩コースのプレイリストを適当に選んで散歩するのが習慣だった。

　その日、目の前に現れたのは特段珍しくもない、どこにでもありそうな町の風景だった。けれど、なんだかそこに住む人の息吹《いぶき》が伝わってくるようで、歩くうちにだんだん心が弾んできた。

　そのときだ。道の向こうから、誰かが歩いてくるのが目に入った。

　それは白い犬を引き連れた老人だった。

「かわいい犬ですねぇ」

　すれ違いざま、女は彼らに微笑みかけた。

老人は穏やかな笑みを顔に浮かべた。そして女にじゃれつこうとする犬を窘《たしな》めながら、彼女に応えた。

「ふふ、そうでしょう？」

やがて老人は会釈をし、名残惜《なごり》しそうな犬に声をかけて再びゆっくり歩きはじめた。

女はそのうしろ姿をしばらくのあいだ眺めていたが、彼らが角を曲がって見えなくなると自分の犬を促して、夕暮れ時のいつもの散歩へと戻っていった。

# 15

# あの日の花火

花火のルーツは
イタリアや中国という説があり、
日本で観賞用として
作られ始めたのは
江戸時代といわれています。

久しぶりに地元の花火大会に行かないか。

仕事で上京してきた友人と飲んでいると、そんなことを不意に言われた。

おれは少々困惑しながら彼に尋ねた。

「地元って……どの花火大会？」

「三津《みつ》の港祭りだよ」

「三津の……？」

おれはますます混乱した。

その花火大会のことならば、よく知っていた。

毎年夏になると地元の港で開催されてきたもので、遠方からも多くの人が訪れて、盛大に賑《にぎ》わう祭りだった。

かき氷屋、唐揚げ屋、お好み焼き屋。

歩行者天国になった道路の両脇には屋台が犇《ひし》めき合っていて、人気店には長蛇の列ができたりする。おれは祭りの雰囲気に酔いしれながら、団扇《うちわ》を片手に人混みの中をゆっくり歩いて回るのが好きだった。

しかし、それも過去の話なのである。

運営側の人手不足や予算の都合で花火大会は数年前に取りやめになり、惜しまれながらも歴史に終止符が打たれていたのだ。

その花火大会に参加することなど、できようはずがない……。

そんなことを思っていると、友人がスマホの画面を差し出した。

「これ、見てみなよ」

そこにはサイトが表示されていて、こんな文言が書かれていた。


——第五十回記念大会を完全再現！　三津の港祭り！


その横には、八月の日付が記されていた。

「なんでもさ、昔の花火を再現するらしいんだよ。五十回目だから、いまからちょうど十年前のときのやつだな」

「十年前……」

「おれらが中三のときってこと」

「ちょっと待ってよ」

そこでおれは堪《たま》らず言った。

「さっきからどういうこと？　三津の花火大会はなくなったよな？　再現って、一夜限りの復活とか、そういうこと？」

「復活っちゃあそうだけど、最近出てきたARの花火大会だよ」

「AR……？」

尋ねると、友人はちょっと虚を突かれたような顔になった。

「あれ？　知らない？　AR花火」

「ARって、あのAR？」

友人は頷《うなず》いた。

「隅田川《すみだがわ》でも導入されたって全国ニュースにもなってたじゃん」

「へぇ……」

「へぇって、東京にいるのに知らないんだな。まあ、仕事が忙しいか」

ともかく、と友人はつづけた。

「せっかくだから、帰ってこれるなら帰ってこいよ。待ってるからさ」

そして話題は別のことへと移っていった。

友人の話を思いだしたのは、しばらく経《た》ったある日のことだ。

ＡＲ花火、か……。

ちょっと調べてみようかと、おれはスマホを手に取った。

検索すると無数の記事が現れて、適当なものをタップする。そこには、こんなことが書かれていた。


――ＡＲ花火とは、拡張現実、通称ＡＲの技術を使ったデジタル上の花火である。スマートフォンなどで専用のアプリを立ち上げて空中に向かいカメラを翳《かざ》すと、現実の景色を背景にしたデジタル上の花火が現れる。近年、これを活用した新たな花火大会が注目を集めている。


「デジタルの花火ねぇ……」

おれは呟《つぶや》く。ずいぶん安っぽそうな感じだなぁ。そんなことを考える。

しかし、その思い込みはすぐに見事に裏切られる。ネットを検索しているうちに、実際の画像を目にしたのだ。

それは、くだんの隅田川の花火大会の様子を写したものだった。ビルの隙間に浮かんだ花火は、チープなものではまったくなかった。むしろ、何度見ても高精細のカメラで写した本物の花火のようにしか見えず、本当にこれがARなのかと疑いを抱いたほどだった。隅田川の花火大会では、二年前からAR花火の打ち上げパートが導入されたと書かれていた。WEBにアップされている種々の画像は、その打ち上がったAR花火をスマホでキャプチャしたものらしい。

様々な記事の中には、開発背景に触れたものも散見された。

それらによると、どうやらこういうことらしい。

何事にも苦情が入ってばかりの昨今だが、その毒牙がついに花火大会に向けられた。一部の人から、打ち上げ花火は騒音だ。近隣住民は迷惑している。そんな声が上がるようになったのだ。

ついには花火大会の中止を求める運動がネットを起点として勃発し、事態は少しずつ大きくなった。

「盆踊りを見ろ。あっちのほうが進んでるじゃないか」

反対者たちは、先行する事例を掲げて噛《か》みついた。最近出てきた、音を出さない〝無音盆踊り〟のことである。

この盆踊りでは、スピーカーから音は出さない。その代わり、参加者たちはイヤホンで音頭を聞きながら櫓《やぐら》の周囲を回るのだ。傍《はた》から見ると異様だが、当人たちにとっては同じ盆踊りをしていることに変わりない。そしてこれなら、夜間でも騒音問題は起こらない。

花火大会も、これに倣《なら》えというのだった。

その主張が聞き入れられた……からかどうかは分からない。が、結果として誕生したのがＡＲ花火というわけだ。

花火を見にきた観客は、空に向かってスマホを翳すだけでいい。すると位置情報を元にして花火の見え方が割りだされ、自分のいる位置から見えるべき花火の画像が映しだされるという具合である。


――雨天でも決行されるので、天気を気にしてヤキモキすることがなくなりました。

そんな書きこみも目について、なるほどなぁと思わされた。

――煙も流れてこないし、事故の心配もないのがいい。

そういう点を評価する声も多くあった。

観賞方法も様々だった。

――うちの子供は花火の音が苦手でしたが、音量を下げたら泣かないようになりました。

観客は自在に音量を変えられるので、中にはミュートにして花火の光だけを楽しむ人や、自分でチョイスした音楽をイヤホンやヘッドホンで聴きながら花火を見る人もいるらしかった。

離れた場所に居たとしても、タップひとつで画面を拡大して観賞できる。録画も容易にできるので、あとから家で何度も花火を楽しめる――。

一方で、批判の声も多く見られた。

曰《いわ》く、古き良き日本の伝統が壊される。

曰く、紛《まが》い物には真の価値は宿らない。

たしかに分からないでもないなぁと、おれは思う。けれど、少し冷静になってみるとそうでもないのかなぁと思い直す。

伝統とは壊して築いていくものだし、紛い物だと決めつけず、別物だと思ってみれば新たな価値も宿りうるのではないだろうか。プラネタリウムがいい例だ。電子音楽もそうだろう。

調べるうちに、花火デザイナーという職種があることも、おれは知る。打ち上げる花火の色や形、光の具合をデザインするような人たちだ。

彼らはスタンダードな花火のさらなる見せ方の追求はもちろん、変わり種の開発も手掛けていた。

まるで夕空のように、藍色からオレンジへのグラデーションが美しい花火。空中でねずみ花火のように渦をまく花火。虹の形やキャラクターの形をした花火。

理論上はどんなものでも作れてしまうが、リアルな花火とあまりに乖離《かいり》しすぎると興醒《きょうざ》めする人が増えるらしい。そのギリギリのところを狙うのが、花火デザイナーの仕事なのだ。

彼らのたゆまぬ努力によってAR花火は広がりの一途をたどっていて、最近では普通の花火大会が開けない場所での会も催されるようになっている。

東京駅の上空で。スカイツリーのすぐそばで。飛行機の飛び交う空港で——。

夢があるなぁと、おれは思う。

自分も俄然《がぜん》、この新しい花火を見てみたくなっていた。

手帳を開いて、例の花火大会の日の都合をたしかめる。

帰省できるなと確認すると、すぐに便の予約をした。

「すごい人だなぁ……」

屋台に挟まれた道を歩きながら、おれは呟く。

「でも、まさにこの感じだったよなぁ……」

懐かしさに、なんだか若返っていくような感覚になる。

隣にいる友人が口を開いた。

「ほら、あんな屋台が出てるよ」

見ると、〝充電屋〟と書かれた屋台がそこにあった。ケーブルの束が伸びていて、たくさんのスマホが差されている。

「ARの花火大会ならではだな」

笑う友人に、おれも微笑《ほほえ》む。

一通り屋台を見て回ると、おれたちは座れる場所を探して歩いた。

なんとかスペースを見つけて腰を下ろしたのと、花火開始のアナウンスが流れたのは同時だった。

「ただいまより、花火の打ち上げを行います」

おれは慌ててスマホを掲げる。

「お手元の準備はよろしいですか？　それではみなさん、カウントダウンをお願いします！　十、九、八、七……」
六、五、四、三、二、一……。
刹那《せつな》、花火が打ち上げられる音がして、画面の中をひゅるひゅるひゅると光の筋が昇っていった。

次の瞬間。

夜空に大きな花火が咲いて、遅れてドォンと音が鳴った。

おおっという歓声に包まれて、それを合図に花火大会がはじまった。

大輪が次々と夜空を彩る。

色とりどりの小ぶりの花火が咲き乱れる。

しだれ柳が闇夜に尾を引く。

これだ、この感じだ、と胸が高鳴る。

花火のデータは、当時の打ち上げ記録を元にして作られたものであるらしい。再現されるのは花火の種類や打ち上がっていく順番だけに留《とど》まらない。打ち上げられたときの角度、それに風の強さや風向きなどの当時の気象条件も可能な限り織り込まれ、花火が打ち上がるのである。

「あー」

という残念がる声が会場に響く。ニッコリマークの形の花火が打ち上がった、のだけれど、歪《ゆが》んだ形になったのだ。

ところどころで、カシャッ、カシャッ、とカメラのシャッター音がする。カップルたちは二つのスマホをくっつけ合って、大きな画面で花火に見入る——。

そのときだった。

「あれっ？」

友人が自分のスマホを指差した。

「なぁ、もしかして……これってあいつなんじゃない？」

見ると、画面の隅にはコメントがたくさん並んでいた。タイムラインが表示されるモードになっていて、観客が書きこんだコメントがリアルタイムで流れるようになっているのだ。

その中に、あるユーザーネームが表示されていた。それは、中学のときに仲がよかった別のひとりがネットでよく使っていた名前だった。

友人はすぐに連絡を取る。しばらくすると手を振りながら、そいつが来た。

「奇遇だなぁ……てか、おれも誘えよっ！」

笑うそいつに謝りながら、おれは言う。

「奇《く》しくも、十年前の再現だなぁ……」

いつしかおれは鮮明に思いだしていた。

十年前のあの夏の日――おれたち三人はここへ来て、花火を一緒に観賞したのだ。思い切って誘った女子に断られ、みんなで慰め合いながら。

あのとき食べた、アイスの味。

ふざけて買った、ペンライト。

奪い合うように食べ合った、フライドポテト。

そして。

はみ出んばかりに夜空に広がる、大花火。

「そういえば」

友人が不意に口を開いた。

「これってさ、花火以外にも当時の感じを再現できる機能があるって、知ってた？　何でも、観客も十年前にタイムスリップできるとか」

「どういうこと？」

「まあ、遊びみたいなもんだろうけど。ほら、このボタンで……」

友人が操作するスマホを、三人で顔を揃《そろ》えて覗《のぞ》きこんだ。

そのとき、花火を映していた画面が切り替わり、人影が急に現れた。自撮り用のインカメラになったらしいことが分かった直後、友人が言う。

「映った人の昔の顔を予測して、画面に出してくれるんだって」

その瞬間に、大きな花火が打ち上がる。

画面に映りこんでいたのは、赤や緑の花火の明かりに照らされた、あどけない表情をした少年たちの顔だった。

16

# オバペディア

オバペディア……インターネットが網羅し切れていない、「おばさん」だけが持つ情報を有効活用すべく、立ち上げられたサービス。書類審査と厳しいテストに合格したおばさんは、晴れてオバペディアの公式おばさんに認定される。

（出典・ウィキペディアより）

おばさんにはなりたくないねー、と、女子高生たちは笑い合う。なんかウザいし。なんかダサいし。あとシミとかできるしね。小皺《こじわ》もね。ホント、歳だけはとりたくないわー。ホントだねー。

そんな会話もちらほらと聞かれるような世にあって、その〝おばさん〟に目をつけた一人の奇特な若者がいた。彼はあるとき、おばさんだけが持つ情報の稀少性《きしょうせい》と有用性に気づいたのだ。

たとえばだ。

おばさんは、地域のスーパーの情報に常に目を光らせているものだ。どこの店で、何が安く買えるのか。タイムセールは何時から何時の間で、値引きシールはいつ貼られるか。誰に言われるわけでもなく、日頃からインプットを怠らない。おばさんは、買い物を安く済ませるための情報をたくさん持っているのである。

他にも、彼女たちは節約術に関する情報も有している。使い回しはお手の物で、安く作れるＤＩＹなどにも精通している。

他人の個人情報を得る術《すべ》にも長《た》けていて、日頃から情報収集を欠かさない。誰がどの職業についていて、どれくらいの稼ぎがあるのか。どんな悩みを持っていて、どんなものに興味があるのか。誰と誰の仲が良く、誰がいがみ合っているのか。あらゆることが頭の中にあるのである。

現代は、検索すれば何でも出てくると言われる時代だ。しかし、そんな時代においてもインターネットが網羅し切れていない情報……それを持っているのがおばさんで、彼女たちは情報の宝庫であるに違いない——。

くだんの若者はそんな確信に基づいて、おばさんの持つ独自情報にアクセスできるサービスを仲間と共に立ち上げた。

仕組みは、とてもシンプルだ。

ユーザーはスマホで希望のエリアのおばさんを選択し、電話を掛ける。欲しい情報を求めると、おばさん側からその情報の稀少度合いに応じた価格が示される。ユーザーが承諾すれば取引成立。守秘義務のもと、口頭で情報の受け渡しが行われるという具合である。

オバペディア。

それがこのサービスの名称で、ローンチ直後から大きな反響が寄せられた。

最初にヘビーユーザーとなったのは主婦層だった。

「すみません、卵を安く買いたいんですけど……」

同じ町のおばさんにそう問い合わせると、すぐに情報を教えてくれる。

「それなら、今日はあそこのスーパーがお買い得よ」

ユーザーは、簡単に安い卵を手に入れられるというわけだ。

「あの、ハンバーグを作りたくて……」

「合挽肉《あいびきにく》なら、今日はあそこの肉屋が最安値。タマネギは商店街の八百屋でね。そこのニンジンは高いから、もしニンジンを買うのなら、あっちのスーパーのタイムセールで買うのがオススメ。付け合わせのポテトサラダのじゃがいもは、こっちのスーパーで詰め放題をやってるわよ」

この程度の情報ならば利用料も少額で、格安品を買って浮いた分をそれに当ててもお釣りがくる計算になっている。

無論、オバペディアが提供するのは食料品の情報だけに留《とど》まらない。生活の知恵を借りる者も多くいた。

「猫の柵が欲しいんですけど、メーカーのものが高くって……」

そんなリクエストもお安い御用だ。

「ワイヤーネットの大きいやつを結束バンドで横につなげて、柵にしたらどうかしら。倒れないようにスタンドも付けて。ぜんぶ百均にあるもので揃《そろ》うわよ」

# 16
# オバペディア

こんな悩みも持ち込まれる。

「枕の寝汗のにおいが気になって……市販の消臭剤じゃ消えないんです」

「そんなときは重曹の出番ね。水で溶かしたものをスプレー容器に入れて、吹きかけるだけでオッケーよ。容器は少しいいものを買っておいたほうが、機能性が高くて後々お得ね」

おばさんは、豊富な知見でアドバイスをしてくれる。

最も高額な情報は、個人にまつわるものである。

「二丁目の上杉さんの奥さんにお礼の品を贈りたいんですけど、どんなものがお好みか、ご存知ですか？」

「あの方は最近ルイボスティーにハマってるから、あげたらきっと喜ぶわ」

事実、その通りにうまくいく。

時には、すぐに返答をもらえないこともある。

「お隣の方に出産祝いをあげようと思ってるんですけど、何をあげたらいいものか……」

「ちょっと一日待ってもらっていいかしら。リサーチするわね」

その翌日、おばさんから電話が掛かる。

「よだれかけが欲しいそうよ」

依頼主は、お隣さんに情報通りのものをあげる。

「えーっ！　ちょうど欲しいと思ってたの！　なんで分かったの!?」

オバペディアのおかげで、近所付き合いも円滑になるというわけだ。

おばさんの情報網は子供にまでも及んでいる。

「最近うちの子がつるんでる男の子、素行はどうなんでしょう……」

「お節介《せっかい》なようだけど、あの子は不良グループに入ってるから、すぐに付き合いをやめさせたほうが将来のためよ」

「お向かいさんが子供の成績を自慢してきてウンザリなんです。実際のところはどうなんですか？」

「表向きはああだけど、中の上くらいの成績よ。どうか、はいはいって受け流してあげてね」

それを知って、心の健康も保たれる。

おばさんは各家庭の懐事情も熟知している。

「後藤さん家《ち》の奥さん、ランチに誘っても来なくなっちゃったんだけど、何か悪いことをしたでしょうか……」

「大丈夫。ダンナさんの会社が業績不振で、給料をカットされちゃったのよ。いまは一家で倹約中なの。心配しないで」

「ママ友の三村さん家、なんだか旅行に行ってばかりみたいなんですけど、何かあったんでしょうか」

「ダンナさんが宝くじを当てたのよ。一千万円ですって。半分はローン返済に回して、残りの半分で旅行することに決めたみたいね。羨《うらや》ましいけど、これぱっかりはね」

適度に宥《なだ》めてくれるのも、おばさんのいいところである。

引っ越しをするときも、オバペディアの出番が訪れる。引っ越し先の町のことを知るためには、不動産屋に聞くよりも、地場のおばさんにヒヤリングするほうが有用なのだ。治安に加えて、そこに住む人たちが自分の肌に合っているか。育児環境はどうなっているか。おばさんに聞けば、ネットでは分からないリアルな情報を手にすることができるのだった。

オバペディアの登場により、おばさんの地位は飛躍的に上昇した。望んで〝おばさん〟になりたいという人も多くなった。

しかし、適齢の女性ならば誰でも〝おばさん〟になれるのかというと、そんなことは決してない。特にオバペディアが軌道に乗りはじめてからは、公式のおばさんとして認められるためには厳正な審査をパスしなければならなかった。

希望者は、まず書類審査で志望動機や自己ＰＲ、おばさん歴などを書かねばならない。不純な気持ちが透けて見えると、この段階で落とされる。真のおばさんには、損得を超えた純粋な好奇心が必要なのだ。

これを通れば、次はテストが待ち受けている。

そのひとつ、プロのおばさんが監修している買い物テストはこんな具合だ。

試験会場に赴くと、受験生たちには大量のチラシが配られる。架空の町の、架空のスーパーのチラシである。これに加え、八百屋や肉屋、魚屋などの価格表も渡される。それらの店が町にあるという設定なのだ。同時に各店舗がマッピングされた町の地図も配布される。

事前に与えられる時間は三十分。その間、受験生たちは情報のインプットにひたすら努める。そして時間が来たら、こんな設問の書かれた回答用紙が配られる。

・町で一番、カツオのたたきが安い店はどこか。
・最安値の豚バラが売り切れた場合、二番目に安いグラム単価で豚バラを購入できるのはどの店か。タイムセール品を除いて答えよ。
・地図上のA地点に住む人から依頼があった。以下のレシピでグラタンを作る際、一時間以内で具材を最も安く揃えるための方法を、買い物ルートも交えて答えよ。

これらの問に答えるべく、受験生はチラシと格闘しながら必死で回答欄を埋めていく。

買い物テストが終了すると、同じように掃除や料理、ＤＩＹなどの生活の知恵を問うテストも行われる。そしてその上位五パーセントに入った者のみが最終ステージにたどりつけるようになっている。

最後に実施されるのは、対人の情報収集スキルを見るためのテストである。

舞台は、郊外に用意された町のセット。そこで暮らす人々――もちろん全員仕込みだが――のプライベートな情報を、一定期間のうちに集めるのがミッションだ。

受験生たちは、あの手この手で人々から情報を聞きだしていく。ある受験生は、立ち話をきっかけにしてさりげなく。ある受験生は、手土産を渡すついでに相手の懐に入っていって。ある受験生は、持ち前の大胆さで真正面から切りこんで。

強引に情報を引きだすなどは問題外だ。継続して情報を集めるためには、相手に不快感を与えないことが重要なのだ。

こうしてすべてのテストをパスして合格すれば、晴れてオバペディアの公式おばさんに認定されるわけである。

しかし、選ばれし公式おばさんであろうとも、時には個人の感情で誇張した情報を渡したり、ミスで誤報を流してしまうということもあった。が、その点はネットの世界も似たようなものだ。いや、一般的にはネットのほうが、より正確性に欠けた情報を流しているといえるだろう。ゆえに、オバペディアのユーザーも少々のことには寛容で、クレームを入れるような者はほぼいなかった。もっとも、不満を漏らしたところで、派遣されてきたおばさんに言葉巧みに丸め込まれるだけだったのだが。

オバペディアは拡張の一途をたどっていき、人々はますますそのサービスを利用した。おばさんのおかげで生活がラクになり、人間関係で悩むことも少なくなった。

ある自治体は、人と人との良い潤滑油になるとして、おばさんを積極的に誘致して町の活性化につなげたりもした。ここまで規模が広がると、個人情報を渡すことに抵抗感を覚える人も少しは出そうなものであるが、実際のところはそうはならない。それを感じさせないスキルを持ったプロフェッショナルが、おばさんなのだ。

おばさんの中でも特に人気の高い〝スターおばさん〟も誕生した。彼女たちは単に情報を提供してくれるだけではない。時におかずの余り物を持ってきてくれたり、時に独身者に素敵なお見合い相手を紹介してくれたり。まるで親戚のおばさんのような温かさで寄り添ってくれるのだ。

そういうおばさんには一生そばに居てほしいというファンのような人までついて、人気ゆえに他の町から好条件で引き抜かれることなども起こりはじめた。そのたびにファンは追いかけて同じ町に引っ越しをするほどだったが、他の人から町を荒らすなというクレームが入り、行き過ぎた引き抜き行為は禁止となった。

ユーザーが増えるにつれて、オバペディアには広告も出稿されるようになっていく。情報を提供する前に時間を設け、おばさんが広告を紹介するのだ。それが嫌なユーザーは、広告なしの課金プランを選択した。その課金分や広告収入はおばさんたちへと還元され、おばさんたちは経済的にますます豊かになっていった。

世間では、オバペディアの公式おばさんになるための対策塾やセミナーが開催され、希望者が殺到して予約も取りづらいほどになった。「一日十分であなたもおばさん！　おばさん超入門」という本がベストセラーとなり、「おばさんになるために女子大生がすべきこと3選」というWEB記事が爆発的に閲覧された。

国際的にも注目されだし、〝OBASAN〟のスキルはCIAが参考にしているとさえ噂された。

おばさんは、いまや高収入、好待遇が約束された輝かしい職業のひとつとなった。若い女性たちがこぞって憧れの眼差《まなざ》しを注ぐのも、もっぱらおばさんなのである。

その影響は、小学生を対象にしたアンケートにも顕著に見られる。

女の子のなりたい職業ランキング。

その最新結果は、こうなっているということだ。

三位――パティシエール

二位――看護師

一位――おばさん

# 17

# 雪解けのカクテル

こんなカクテル言葉を
知っていますか？
「アラスカ」…偽りなき心、
「ラモスジンフィズ」…感謝、
「モスコミュール」…仲直り、
他にも探してみてください。

晩冬にしては寒い日のことだった。

おれは襟《えり》に肩をうずめながら、煌《きら》びやかな街の中を歩いていた。行き交う人々の足どりは早い。喧噪《けんそう》の中にあって、自分だけがひとり取り残されてしまったような、そんなふうに感じる夜だった。

不意に一杯飲んでいきたくなったのは、まだ街にしがみついていたかったからに他ならない。おれは手頃な店を探しはじめ、やがて地下につづく階段に一軒のバーを見つけると、足早に夜の隙間へと滑りこんだ。

店のドアをくぐると、ほんの少し暖かい空気に包まれた。

「いらっしゃいませ」

白いシャツにグレーのベストを着た店主が、静かに迎え入れてくれる。

「お召し物をお預かりいたしましょうか?」

そう言われたが、おれは脱ぎかけたコートをまた羽織って口にした。

「いえ、ちょっと寒いようなので……」

「申し訳ございません。当店には冷気が必要なものでして」

「はあ……」

店主の言葉はよく分からなかった。が、上着があれば寒さは気になるほどではなく、わざわざ店を変える理由にはならなかった。

カウンターに腰掛けると、おれはあたりを見回した。

他に客のいない薄暗い店内には、黄色い灯《あか》りが揺れていた。ギミックかと思っていたが、眺めるうちに、どうやら本物の蠟燭《ろうそく》らしいことが分かる。

何かに似た雰囲気だなと思っていると、直後、それが何かに思い当たった。

まるで、かまくらに入ったみたいな店だなぁ――。

そんなことを思っていると、店主がそっと近づいてきた。おれは迷わず、お気に入りの定番カクテルの名前を口にした。

しかし、店主から返ってきたのはこんな言葉だった。

「恐れ入ります、じつはそちらは取り扱っておりませんで」

店主はつづけた。

「冬の間、うちは一種類のカクテルしかお出ししていないんですよ」

「一種類?」

「ええ」

そんな店は初めてで、おれはすっかり戸惑った。

店主は、さらにつづけた。

「ですが、お客様にぴったりのメニューですよ」

「どういうことですか……？」

「それはお飲みになってから」

謎めいた微笑《ほほえ》みを浮かべる店主に、おれはいつの間にか返事をしていた。

「では……そのカクテルでお願いします」

「かしこまりました」

店主はいくつかの瓶を手に取って、リキュールらしきものをシェイカーに次々と注いでいった。美しい所作に見惚《みほ》れていると、彼はシェイカーをすっと構えた。

しゃかしゃかしゃかと、心地よいシェイク音が店内に響く。

やがて彼は動作を止めて、ショートグラスを用意した。そしてそこにシェイカーを傾けようとしたのだが――その腕の高さに、おれは目を見開いた。店主はめいっぱい腕を伸ばし、かなりの高さから中身を注ごうとしていたのだった。瞬間的に、おれは思った。超絶技巧で、高いところからグラスに酒を注ごうとでもいうのだろうか。

しかし、待ち受けていたのは、それよりもさらに目を疑うような光景だった。

店主が傾けたシェイカーからは、液体が流れ落ちてくることはなかった。代わりに落ちてきたもの――それは白い雪のようなものだったのだ。

おれの見ている目の前で、シェイカーからはたくさんの白いものがふわりふわりと舞い降りてきた。そしてそれは、吸い込まれるようにグラスへ向かって落ちていく。

次第にグラスは、その白いもので満たされていった。

やがて縁まで平らに積もると、店主はシェイカーを切って下におろした。

「お待たせしました」

細いストローを差し、彼はグラスをすっと置いた。

「メルティーホワイトです」

おれはその一杯をまじまじ眺めた。まるで、グラスに雪が降り積もったようだった。

「あの、これは……」

「まあ、まずは召し上がってみてください」

おれはグラスをそっと持ち上げ、ストローに口をつけた。

おずおずそれを吸ってみると、瞬間、ひやりとした液体が口の中に入ってきた。次に上質な水のようなほのかな甘みが舌を転がり、すっきりとした香りが鼻を抜ける。

おれは二口、三口と口に含んだ。

飲むたびに、身体《からだ》も少しずつ火照りはじめた。なんだか胸のあたりが温まるような感覚にもなってくる――。

顔を上げると、笑顔の店主と目が合った。

「いかがです？」

咄嗟《とっさ》に、美味《おい》しいです、という平凡な言葉しか出てこなかった。

「それはよかった」

店主はつづけた。

「グラスに積もっているのは、お酒でできた雪でして。その雪が解けていくところを味わうのが、このカクテルの趣向なんです。ところで、お客様、本日は何かお話しになりたいことがあってお越しになったのではありませんか？」

「えっ？」

唐突に言われ、何のことだか分からなかった。

店主は微笑む。

「いえ、時間はたっぷりありますから、ごゆっくり。何なら、もう一口、召し上がってからでも構いません」

「はあ……」

言われるまま、おれはストローでカクテルを含む。その冷たさとは裏腹に、身体の熱は増していく。気がつけば、おれはこんなことを口にしていた。

「……父親と、ずっとうまくいってないんです」

自分でも、どうしてそんな話をしはじめたのかは分からなかった。考えるよりも先に、言葉が出ていた。

店主は、おれが話しだすのを静かに待っていてくれた。

「……物心がついたときから、父親とはあまり反りが合いませんでした。昔から私が何かをしようとすると、いつも決まって反対するのが父親だったんです。それはダメだ、やめておけと、事あるごとに顔をしかめて言われたものです」

おれは、ぽつりぽつりと語りはじめた。

「それでも、小さい頃はそんな父親のことも受け入れていました。そういうものなんだと、無条件に思いこんでいたんです。

ですが、だんだん友達の家の話が耳に入ってくるようになって。うちの父親だけがそんな感じなのだと知り、次第に反発するようになっていったんです」

言葉は次から次に溢《あふ》れてくる。

「中高生のころはケンカの絶えない日々でした。そしてそのピークがやってきたのは、大学受験を控えた高三のときです。難関校に合格しようと必死でがんばっていた私に対して、あるとき父親はこう言ったんです。絶対に無理だからやめておけ。もっと身の丈にあったところを受けなさい、と。

そのときでした。私の中で、何かが決壊してしまったのは。なんでそんなことが分かるんだよ、人の人生を勝手に決めつけるなよ。そんなことをこっちが言えば、これまで誰が養ってきたんだ、そんな口をきくのなら今すぐ出ていけと父親は言って。争っているうちに気づけばつかみ合いになっていて、止めに入った母親を振り切って、私はそのままひとり部屋にこもりました。悔しくて悔しくて、涙が止まらなかったのを覚えています。

結局、それが父親と言葉を交わした最後になりました。

志望校に受かったときは、スカッとしたものです。ほら見たことか、だから言っただろ、と。ですが、私は父親に何も言わなければ、父親からも何の言葉もありませんでした。そうして一言も話さないまま、私は母親に送りだされて故郷を離れたんです。

それ以来、実家に帰ったことは一度もありません。母親とはときどき連絡を取っていますが、父親とは、もう何年も顔を合わせてすらいないんです。

……その父親が倒れたと連絡を受けたのは、少し前のことでした。

幸い命に別状はなく、退院後にリハビリをすればよくなるだろうと母親からは聞きました。ただ、そのときに、こう言われたんです。もう父親と仲直りをしたらどうか、と。自分たちも、そんなに先は長くないんだから、と。

こんなことも言われました。父親があなたに厳しくしていたのは、親心ゆえのことだったんだと思う。たしかに昔から言い方が下手な人だったけど、あの人なりの優しさはちゃんとどこかにあったはずだ。そんなこと、あなたも分かっているでしょう、と。

私は曖昧《あいまい》に言葉を濁したまま、結論は出さずに今に至ります。

自分がどうすべきなのか……いえ、そんなことは分かってるんです。ですが、どう切りだしたらいいのか、どう話したらいいのか……もやもやと悩むばかりで、ひとつも前に進まないんです」

そこでおれはハッとして、言葉を切った。そして、すぐに店主に向かって謝った。

「こんな身の上話を聞かされても困りますよね。お恥ずかしい限りです。すみません……」

しかし、店主はゆっくり首を振った。

「いいえ、話しづらいことをお話しくださって、ありがとうございました」

店主は言った。

「じつは、うちはお客様のような方がいらっしゃる店なんです」

「私のような……？」

「ええ、心に何かがつっかえている方のためのバーなんですよ。このメルティーホワイトには、不思議な力がありましてね。雪が解けていくように、心の中のわだかまりをすうっと解かしてくれるんです」

おれは無言で、声に耳を傾ける。

「大丈夫ですよ」

店主の口調は、穏やかだが力強い。

「心の中のつっかえは、すでになくなっているはずです。怯《ひる》むことなどありません」

「そうでしょうか……」

なおも弱気なままのおれに、店主は言った。

「そうですとも。もしかすると、今すぐに切り替えることは難しいかもしれません。ですが、冬は必ず終わるんです。その証拠に、ほら。グラスの中を見てみてください」

言われておれは、そちらに目をやる。

瞬間、あっ、と思った。

目の前のグラスには、まだまだ白い雪が残っていた。が、その隙間から、いつの間にか何かがちょこんと覗《のぞ》いていたのだ。

「ね？　大丈夫です、こうしてカクテルにだって春がやってきたんですから」

店主は、いっそう微笑んだ。

グラスの中では、黄緑色のフキノトウが力強く芽吹いていた。

18

# バルーンケーキ

これまでに世界で最も
高く作られたケーキは、
インドネシアで作られた
三十三メートルのものだそうです。
重量はおよそ二十トン。
想像できますか？

男は町の小さなケーキ屋で働いていた。

小さい頃から、彼はケーキ職人という職業に強い憧れを抱いてきた。その要因は、父親の背中を見て育ったことにあったといえる。彼の父親はケーキ職人だったのだ。

父親のケーキを買いに来る人たちの笑顔が、彼はとても好きだった。ケーキ職人とは幸せを届ける仕事なのだなと、幼い彼は理解していた。コック帽を被《かぶ》った父親の仕事着姿は、彼にとってヒーローの象徴のようなものでもあった。

彼自身も、父親のケーキが大好きだった。中でも、特別なことがあったときに作ってくれる豪華なホールケーキは、何にも代えがたい幸せをもたらしてくれた。

たっぷりの生クリームに、イチゴやキウイやブルーベリーなどのフルーツが山盛りになっている。フォークを入れると、父親の一番のこだわりであるスポンジが口の中でふわっと溶ける。

男は、そのケーキを食べている時間が人生で最も幸福だった。そして、いつか自分もこんなケーキを作ってみんなに食べてもらうのだと胸に誓った。

高校を卒業すると、男は父親の店で働く形でこの世界へと飛びこんだ。そして下積みを経て、二年後には店で出すケーキのデコレーションの一部を任せてもらえるようになった。

しかし、ただひとつ、どうしても作業をさせてもらえないことがあった。父親がこだわりを持つ、スポンジ作りだ。彼は長年、そのレシピさえも教えてもらうことができないでいた。

「おまえには、まだ早い」

そう言われるたびに悔しい思いをしたものだったが、それは自分の未熟さゆえだと納得もしていた。

男の夢は、いつか父親を超えるケーキを作ることだった。そしてそれを他でもない父親に食べさせ、唸《うな》らせることが目標だった。

彼は努力をしつづけた。所帯を持ってからも、ひたすら仕事に打ち込んだ。

だが、そのがんばりとは裏腹に、無情にも店の経営は少しずつ傾いていった。ライバル店の乱立や、町の人口が減ったことも関係していた。客がまばらな日が目立つようになっていき、売上がほとんど立たない日も出るようになり、彼らはじわじわと苦境に追い込まれていった。

そんな折だ。父親が急な病に倒れ、そのまま帰らぬ人となったのは。葬儀のバタバタが過ぎ去ると、残された男は呆然《ぼうぜん》となった。ひとりになると、ひどい虚無感にも襲われた。

父親にケーキを振る舞う機会は、永遠に失われたのだ。自分の夢は、決して叶《かな》うことがなくなったのだ——。

男は現実を受け入れることができないで、何日も部屋に閉じこもって塞《ふさ》ぎこんだ。それでも何とか店を再開できたのは、店を守らねばという使命感があったからだ。このまま自分がダメになれば、店は存続できなくなる。そうなれば、残された最後の大切な場所さえも失ってしまうことになる。

男は自分がやらねばならないのだと、奮起した。

そうなると、何よりも優先してすべきなのはケーキのスポンジの再現だった。あのふわふわのスポンジの秘密を突き止め、同じものを作ることからはじめなければならなかった。

男は父親の部屋を探すうちに、押し入れからノートの束を発見した。中を見ると、これまで父親が考えてきたと思《おぼ》しき数々のケーキのレシピが載っていた。そしてその中に、男はスポンジの作り方を記したページをついに見つけた。

が、そこで彼は妙なことに気がついた。たしかにスポンジの作り方は書かれていた。しかし、そこには幾通りもの方法が書かれていたのだ。

彼はメモの意味をつなぎ合わせ、やがて、どうも父親がスポンジを改良しようとしていたらしいことを悟った。つまり、これまでのスポンジは未完成で、父親の理想には達していなかったようなのだった。

それに加えて、ノートの最後のページにはこんなことも書かれていた。

――真にふわふわのスポンジは、宙に浮かぶ――

まったく意味が分からずに、男は首を傾《かし》げるばかりだった。

ひとまず彼は、何通りかあるレシピのうち、最後に書かれたらしい一番新しい方法でスポンジを作ってみることにした。

すると、だ。信じられないことが起こった。

オーブンから焼きたてのスポンジを取りだし、型から外したときだった。男は目を疑った。あろうことか、ふわふわとスポンジが宙に浮かびあがったのである。

自分は夢でも見ているのかと、何度もまばたきを繰り返した。が、スポンジはたしかに調理台から僅《わず》かに浮かび、空中で静止していた。

男は強いめまいに襲われながらも、もう一度、はじめからスポンジを焼いてみた。果たしてそれは、同じように少しだけ宙に浮かんだ。

こうなると、現実を受け入れざるを得なくなる。

やがて男は、こんな考えを持つに至った。

父親は、ふわふわのスポンジを追求するうちに、ついにふわふわと浮かびあがるスポンジを生みだしてしまったのだ——。

理屈はまだよく分からない。が、結果がすべてを物語っていた。

しかし、目の前のこれは、父親にとっては未完成品だったという。

その理由を、男はスポンジに生クリームを塗ってみて理解する。生クリームの僅かな重みに耐えられず、スポンジは台の上に着地してしまったのだ。

なるほど、と、ピンときた。父親が実現しようとしていたのは、きっと生クリームを塗ってもフルーツを載せても浮かんだままでいられるような、究極のスポンジだったのだろう。

行ける、と、男は思った。そのスポンジさえ完成すれば、間違いなく話題になる。店に人が戻ってくる——。

その日から、男は通常の仕事と並行してスポンジの研究に励みはじめた。

店頭で出すケーキには、まだ浮かぶスポンジは使わなかった。中途半端な状態で出しても効果が薄いと判断したからだった。きっと、それは父親も同じ思いだったに違いない。だからこそ、これまで自分も存在を知ることがなかったのだ。

男は試行錯誤を繰り返した。父親の残したメモをもとに、使う材料を工夫してみたり、

## 18
## バルーンケーキ

焼き方を調整してみたりした。

成果が少し出ることも、大きく失敗することもあった。

そのたびに、一喜一憂する日々がつづいていった。

男は寝食を忘れて研究に没頭した。そんな男を、妻はそっと見守りながら陰で支えた。

出来上がるスポンジの持つ浮力は、少しずつ、だが確実に大きくなっていった。

そして、男はついに納得いくものを完成させる。デコレーションを施しても、宙に浮かんだままのケーキを作ることに成功したのだ。着手してから三年の歳月が流れていた。

バルーンケーキ。

男は風船のように浮かぶケーキにそう名づけ、大々的に売りだした。

反響はものすごかった。

はじめは近所の人々が、次に噂を聞きつけた人々がこぞって店を訪れて、この不思議なケーキを買い求めた。

バルーンケーキは、スポンジからケーキに仕上げていく過程でもコツがいった。放っておくと勝手に浮かびあがって天井にぶつかってしまうからだ。

男はスポンジが焼き上がると、最初に重りのついた紐《ひも》を取り付けることでこの問題を回避した。ホールで出す場合には中心にひとつ、後でピースにカットするものは切り分ける分に応じた数の紐をつけておく。そうして飛ばないように固定して、ケーキを仕上げる作業をするのだ。

それが終わると透明の袋を被せて店頭に出す。無論、ショーケースの中に入れたりはしない。店内のところどころに紐で結んでおくのである。この演出も、じつに効果的だった。

人々は購入したケーキの紐を持ち、風船を持つようにして店を出ていく。それを見た人々は、あれはなんだと注目する。写真に撮ってSNSにアップするような人もいて、自分もやりたいと店を調べて押し寄せる。

バルーンケーキは、食べ方も独特だった。紐を手繰《たぐ》り寄せてケーキを近くに持ってきて、スプーンを被せるような向きで差し入れて、そのまま口に含むのだ。食べるのが下手な者は、こぼれた欠片《かけら》がふわりふわりと浮かびあがり、いろんなところを汚してしまうのが常だった。しかし、それはそれで失敗談として笑いを誘い、ネガティブな声は聞かれなかった。

店は連日大賑《おおにぎ》わいで、開店前から行列ができ、バルーンケーキは午後の早いうちには完売するのが当たり前になった。

ケーキを買いに来るのは、単なるスイーツ好きや新しいもの好きだけではなかった。飛ぼうとするケーキに掛けて、飛躍を願うお祝い事などにと買っていく人も多くいた。落ちないケーキだということで、受験を控えた子を持つ親にも人気が出た。

ウェディングケーキを特注してほしいという依頼も舞い込んだ。二人の明るい未来を祈ってのことである。ケーキ入刀は脚立《きゃたつ》に上がって行わねばならず大変だったが、その困難が二人の最初の試練だと、かえって受ける要素になった。

一方で、中には新郎がよかれと思って内緒で特注したバルーンケーキが新婦の不興を買ったという稀《まれ》なケースも存在した。新郎には前から浮気性なところがあって、浮かんだケーキは何かメッセージがあるのかと新婦の逆鱗《げきりん》に触れたのだった。新郎は、慌てて普通のウェディングケーキを注文して、なんとか披露宴の終わりまでに間に合わせて事なきを得た。これからは、地に足をつけて生きていきます。新郎は、そんなスピーチをさせられた。

男は時期を見て、思い切って店を拡大することにした。それによってますます多くの人にケーキが渡り、話題はさらに広がった。

しかし、いくら売上が上がろうとも、いくらメディアに取りあげられようとも、男が驕《おご》ることは決してなかった。昔からの客を大切にし、スポンジもすべて自らの手で丁寧に焼き上げた。

弟子入りを志願する者もたくさん店を訪れた。中には秘密を探ろうとする同業者もいたようだったが、男は拒むことなく受け入れた。スポンジのレシピこそすぐに明かすことはなかったが、骨のある者たちにはゆくゆく伝授しようと思っていた。ケーキが広がっていくことこそ、男が目指すところだった。

男は忙しい合間を縫って、地域の幼稚園や保育園にバルーンケーキを無償で提供したりもした。ふわふわ浮かぶケーキに夢中になる園児を見ながら、彼は思う。いつかこの中から、未来のケーキ職人が現れてくれればいいな、と。かつての自分のように――。

バルーンケーキは一過性のブームで終わることなく、新しいケーキの形として少しずつ世間に根付いていった。男の弟子が順調に育ち、独立して各地でバルーンケーキ作りに励むようになっていったことも大きかった。

そのうちの一派がやがて創作バルーンケーキのコンテストを立ち上げた。お題にそって、職人たちがその技術を競いあうような大会だ。

たとえば、「空の島」というお題が出されたとすれば、職人たちは思い思いの「空の島」をケーキで表現するという具合だった。砂糖菓子で樹木を作ったり、色とりどりの花を作ったり。

競われるのは作品性だけではない。すべてのデコレーションを終わった段階で支えになっている紐が切られ、そのときに浮かび過ぎず沈み過ぎず、大会規定の空域に浮かんでいることが条件なのだ。コンテストを通じて浮力の調整技術にいっそう磨きをかけた職人たちは、通常のケーキ作りにそれを還元するのだった。

コンテストの出品作は、コストが見合えばそのまま商品化することもあった。あるいは、富裕層がパーティー用にと特注したりもした。

夕暮れのサバンナ。ペンギンの群れる南極の流氷。車が空を飛ぶ未来都市。様々なバルーンケーキが作られて、そのときどきで話題になった。

その頃になると、バルーンケーキのレシピはもはや秘伝のものではなくなっていた。しかし、男にとってはそれでよかった。


歳月は流れ、男も相応に歳をとった。

今年で、父親の十三回忌を迎えもした。

その父親の命日にあたる日のことだ。彼は店を休み、長年温めてきた計画を実行に移すため、朝から気合を入れていた。そして彼は厨房《ちゅうぼう》で、ひとつのバルーンケーキを作り上げた。

父親を超えた、とは決して思ってはいなかった。が、ここ最近、ひとつの区切りの時が来たのではないかと考えるようになっていた。

男はひとり店を出ると車を走らせ、やがて父親の墓前に立った。

その手には紐が握られていて、先端にはバルーンケーキがふわりふわりと浮かんでいる。生クリームがたっぷり塗られ、フルーツが山盛りになっている特別なホールケーキである。

と、男はおもむろに、紐をつかんだ手を緩めた。

その瞬間、ケーキは宙へと浮かびあがり、天に向かってゆっくりゆっくり昇りはじめた。

どうか、天国の父のところにまで届きますよう――。

彼はそんなことを願っていた。

果たして、自分のケーキは父親を唸らせることができるだろうか。はたまた、まだまだ未熟だとチクリと言われてしまうだろうか。

いずれにしても、楽しみなことには変わりない。

天へと向かうホールケーキには、砂糖菓子で作られた人型の二つの細工があしらわれていた。

ひとつは、銀色のボウルと泡だて器を手に持った、コック帽を被った男性だった。

その隣で手元を覗《のぞ》きこむように置かれているのは、目を輝かせる少年である。

［初出］
本書は、潮WEBの「ショートショート目安箱」で二〇一七年七月から二〇一八年十二月に連載された作品を単行本化したものです。

## アイデアを採用させていただいた方々

本書に収録された作品は、左記の皆様のアイデアを基に生み出されました。（　）は募集時のお題

1　くじ物件（当たり付き物件）……森山大輔
2　記憶の喫茶（引き出し喫茶店）……おむすびコロリ／喜《き》衒《でら》智《ち》也《や》／ＭＩＫＡ
3　矢印の街（矢印の街）……喜衒智也
4　十郎（名前の寿命）……佐々木
5　採集電車（採集電車）……久保寺裕子
6　甘海、甘魚（甘い雨）……望月もなか
7　プレミアム地方（プレミアム地方）……コロ／ひでまる
8　新入社員（ごみ専門店）……ありんこ
9　赤ちゃんエクスプレス（運ばれ屋）……きゅい
10　黒い犬（解除犬）……スヌスムムリク
11　メリー（仮想通貨）……ゆた
12　言葉の蛇口（ことばの蛇口）……池堂翔太
13　星の申し子（行列のできる惑星）……林一
14　白い犬（犬の散歩世界大会）……藤澤みちる
15　あの日の花火（花火電話）……山猫軒従業員・黒猫
16　オバペディア（貯まるおばさん）……石島拓哉
17　雪解けのカクテル（バーテンダーの雪）……赤羽文恵
18　バルーンケーキ（漂うケーキ）……林一

田丸雅智（たまる・まさとも）

一九八七年、愛媛県生まれ。東京大学工学部、同大学院工学系研究科卒。二〇一一年、『物語のルミナリエ』に「桜」が掲載され作家デビュー。一二年、樹立社ショートショートコンテストで「海酒」が最優秀賞受賞。「海酒」は、ピース・又吉直樹氏主演により短編映画化され、カンヌ国際映画祭などで上映された。一五年からは自らが発起人となり立ちあがった「ショートショート大賞」において審査員長を務め、また、全国各地でショートショートの書き方講座を開催するなど、現代ショートショートの旗手として幅広く活動している。一七年には四〇〇字作品の投稿サイト「ショートショートガーデン」を立ち上げ、さらなる普及に努めている。著書に『海色の壜』『おとぎカンパニー』など多数。

田丸雅智 公式サイト　http://masatomotamaru.com/

# オバペディア

二〇一九年五月七日　初版発行

著者　田丸雅智
発行者　南　晋三
発行所　株式会社　潮出版社
〒一〇二-八一一〇
東京都千代田区一番町六　一番町SQUARE
電話　〇三-三二三〇-〇七八一（編集）
　　　〇三-三二三〇-〇七四一（営業）
振替口座　〇〇一五〇-五-六一〇九〇

印刷・製本　中央精版印刷株式会社


ISBN978-4-267-02184-8 C0093
http://www.usio.co.jp